LA DESSINATRICE

DU MÊME AUTEUR AUX ÉDITIONS DE LA DIFFÉRENCE

Les jeux sont-ils faits ?, roman, 2001.
Le Sourire de Leonor, nouvelles, 2007.

La série « Littérature portugaise » est publiée avec le soutien de la Fondation Calouste Gulbenkian, Lisbonne.

FUNDAÇÃO CALOUSTE GULBENKIAN

Titre original : *A Desenhadora de Malvas.*

ISABEL FRAGA

LA DESSINATRICE

roman traduit du portugais
par Parcídio Gonçalves

LA DIFFÉRENCE

À ma mère, M. J. C.,
à ma grand-mère, M. da Conceição T. R.
et à mon amie Maria da Glória Monteiro,
qui continuent à m'accompagner.

Martine venait d'acheter la deux cent neuvième théière de sa collection. Une petite théière en porcelaine allemande, décorée d'une scène champêtre aux tons pastel, sur laquelle le temps avait dessiné de fines zébrures en forme d'arbre.

Son attention, cette fois-ci, n'avait pas été attirée par l'objet lui-même, mais par son aspect pitoyable dans la vitrine poussiéreuse de M. Lamoso, où il avait été abandonné entre une haute pendule et une chaise d'enfant en sapin que personne n'avait pris la peine de restaurer.

Depuis toujours, elle aimait rassembler des choses. Les nettoyer, les ranger, les regarder. Quand elle était petite, elle découpait les timbres des lettres que son père, juge à la cour de cassation, recevait du monde entier. Plus tard, elle s'était mise à collectionner les boîtes, les étiquettes de fromage, les petits crapauds de toutes les couleurs.

Le jour où Elisa naquit – ils habitaient déjà leur maison de Lapa[1] – son mari lui avait offert une jolie

1. Quartier chic de Lisbonne.

théière en Limoges. Depuis, elle avait pris l'habitude, les jours les plus gris, de faire le tour des antiquaires du quartier, à pas lents, les yeux attirés par la blancheur de la porcelaine.

– C'est une pièce si élégante, murmurait-elle avec son accent parisien que trente ans de mariage n'avaient pu effacer. Une main de femme qui tient une théière pour servir… c'est *si délicat**[1] !

Elisa n'avait jamais vu Martine inviter quiconque dans la petite salle donnant sur le jardin. D'ailleurs, elle-même n'y entrait pas. C'était le domaine exclusif de sa mère, qui avait fait recouvrir les murs d'un grand nombre de vitrines, où plus de deux cents théières de toutes les époques et de toutes les tailles allongeaient tristement leur long museau de porcelaine vers la porte d'entrée.

Près de la fenêtre aux vitraux jaunes, dont la lumière exacerbait, dans ce lieu exigu, la sensation de vide, une table ronde recouverte de velours rouge et d'un napperon, flanquée de deux chaises, semblait attendre un visiteur qui ne s'était pas présenté. Et qui, s'il venait, se disait Elisa, ne serait pas invité à entrer.

– J'aimerais savoir pourquoi diable tu collectionnes tout ça.

– Il ne faut pas une *rason*[2] pour tout dans la vie, Élise, lui répondait-elle, de sa voix profonde qu'on confondait souvent, au téléphone, avec celle de son fils, ce qui entraînait aussitôt des excuses infinies.

1. Les mots en italique suivis d'un astérisque sont en français dans le texte.

2. Les mots en italique sont une tentative de transposition en français des erreurs de prononciation que commet Martine, parisienne, lorsqu'elle parle portugais.

– *Pas de problèmes*, répondait alors Martine, *pas de problèmes**.

C'était une femme essentiellement pratique, sa mère. Bien qu'elle exerçât les fonctions de directrice adjointe d'une compagnie aérienne internationale, elle n'avait jamais succombé à la dictature de la mode et de l'image : elle portait des chaussures à talons plats, confortables, coupait ses cheveux court – elle se coiffait elle-même et gagnait ainsi du temps et de l'argent –, n'avait pas pris un kilo au fil des ans, pour des raisons de santé autant que d'esthétique. C'est pourquoi aussi elle ne fumait pas et refusait que l'on fume chez elle.

Son mari, ainsi que ses collègues de travail, respectaient sa force de caractère, qu'elle devait rarement manifester, peut-être parce que sa discrétion et son bon sens, deux éléments fondamentaux de sa personnalité, s'imposaient d'eux-mêmes.

Parfois, quand elle montait dans la chambre de sa fille – et ses pas la conduisaient de moins en moins souvent dans la petite pièce mansardée avec fenêtre sur le fleuve –, le désespoir l'envahissait, et elle essayait d'étouffer sa rage devant la quantité énorme de cendriers et de verres d'eau remplis de mégots qui, telles des bornes, traçaient un chemin absurde le long du plancher en bois exotique.

– Tu te ruines la santé, disait-elle. *Oh, mon Dieu**, ce n'est pas une vie, tu as presque *trinte* ans, Élise.

– Vingt-neuf, maman, répondait celle-ci, rétablissant la stricte exactitude des faits.

– Presque *trinte*, Élise, presque *trinte*.

*

« Presque trente », écrivait Elisa dans son cahier.

Bientôt la jeunesse l'abandonnerait, tel un double éthéré qui resterait assis dans le jardin, la laissant poursuivre seule son chemin ; son corps se modifierait peu à peu, les premières rides d'amertume apparaîtraient au coin des yeux, la bouche se ferait de plus en plus fine, accentuant la distance entre le nez et la bouche...

– Quelle bêtise, mon ange, répondait son père. Trente ans, c'est l'âge idéal pour une femme. C'est alors qu'elle est la plus belle, la plus mûre, la plus intéressante. Viens là.

Et il la prenait dans ses bras, très brièvement, car Augusto Blanco Mendonça, de passage dans la vie, ne s'octroyait pas le luxe d'avoir du temps, pour rien ni pour personne.

– Souviens-toi, ma chérie, que la Bovary et la Dame aux camélias étaient des femmes de trente ans.

Elisa souriait intérieurement.

– C'est de la fiction, tout ça, papa. Nous sommes en 2004. À Lisbonne. Plus personne ne lit Flaubert.

– *Né* dis donc pas d'énormités, Élise. Réfléchis un peu avant de parler, s'il te plaît.

C'était la voix de sa mère, qui venait les chercher pour le dîner. La voix moqueuse de Martine Guignard.

– Tu as eu beaucoup de chance dans la vie, maman. Tu ne t'en rends même pas compte.

– *Oh ça alors* !* s'exclama Martine, dans un éclat de rire. J'ai fait mes études chez les bonnes sœurs, moi, ma *chêrie*. Je n'ai pas eu ta jeunesse…

C'était vrai.

Pendant très longtemps, elle avait partagé sa chambre – un dortoir – avec vingt autres filles qui, comme elle, vivaient sous l'emprise de l'ordre et de la discipline. Elle rangeait ses affaires dans un petit tiroir qui ne fermait pas à clé, car la mère supérieure voulait instaurer parmi les élèves un esprit de confiance totale et il fallait reconnaître qu'au cours de toutes ces années, délimitées par les hauts murs du collège, on ne lui avait rien pris qui lui manquât vraiment.

Elle avait cessé de croire en Dieu quand son propre père était mort dans un accident de voiture, peu de temps avant la fin de son emprisonnement. La rage avait pénétré son âme, comme une tempête s'insinue dans un cul-de-sac, et l'avait dévastée en un clin d'œil. La logique, la rigueur, la méthode qui, au fil des ans, avaient forgé son caractère et sa personnalité – du moins en était-elle convaincue – s'exprimèrent alors, haut et fort, sans crainte, affirmant que Dieu était une nécessité et une invention purement humaines. Rien d'autre.

– Il fait froid, interrompit Augusto, gigotant inconfortablement sur sa chaise. Une fenêtre est-elle ouverte ?

Elisa regarda son père.

Sa mère murmura, ironiquement :

– Tout est fermé, Auguste. Nous sommes en janvier.

Depuis quelque temps Elisa et son père échangeaient des regards complices. Ils croyaient, ou feignaient de croire, en d'étranges présences dans la maison. Tant d'imagination exaspérait Martine et lui rappelait le jour où la femme de ménage lui avait demandé la permission d'amener sa fille avec elle.

C'était l'été. Sa belle-mère était partie pour le Nord afin de s'occuper de son gendre, alité à la suite d'un accident du travail, et elle ne savait vraiment pas à qui la confier…

– Bien sûr, la petite est si calme, amenez-la quand vous voudrez.

Ritinha[1] était une enfant sage. Elle ne courait pas, ne criait pas, ne touchait à rien. Elle restait des heures et des heures immobile sur un tabouret de la cuisine et, parfois, déambulait dans la maison, caressant de ses petites mains les murs et les meubles, les yeux fixés au sol. En fin d'après-midi, elle s'asseyait dans le jardin, sous l'acacia centenaire, offrant aux passants qui la voyaient depuis la rue l'étrange spectacle d'un minuscule bouddha en méditation.

– Eh bien, Ritinha, veux-tu que j'allume la chaîne *Panda* pour que tu puisses regarder les *dissins* animés ?

La fillette, intimidée, fit non de la tête.

– Tu ne t'ennuies pas, seule toute la journée ?

– Elle invente des gens, dona Martine. Allez, elle ne manque pas de compagnie, expliqua la bonne, lissant les cheveux ébouriffés de sa fille. Elle raconte qu'une dame en blanc habite ici et qu'elle lui parle.

– *Ah, bon* ?*

– Elle raconte de ces histoires, vous ne pouvez pas imaginer… Comme si j'avais le temps de l'écouter !

– Mais c'est très *bin*, ça. Elle a beaucoup d'imagination. Elle fera de grandes choses plus tard…

Ritinha se retourna. D'un geste gracieux, elle joignit ses mains dans le dos.

– La dame dit qu'on a arraché ses fleurs.

---

1. Diminutif de Rita.

– Quelles fleurs, mon chou ?*

– Ne faites pas attention, dona Martine, coupa sa mère. Au moins, pendant qu'elle parle avec la fameuse dame, elle n'embête personne.

– Bien sûr, répondit Martine, en s'éloignant, son sourire de diva aux lèvres. C'est quand même mieux que regarder la *télévison*.

*

– Pourquoi n'es-tu pas allé au conservatoire, papa ? avait lancé Elisa à brûle-pourpoint, un dimanche, au petit déjeuner.

Augusto s'était tourné vers sa fille, le visage sérieux.

– Parce que mon père n'a pas voulu. Pas par méchanceté, le pauvre. Il savait qu'une vie de pianiste, en ce pays bercé par la mer, ne me mènerait pas loin…

Fallait-il vraiment aller loin ? N'était-il pas plus important d'être heureux, tout simplement ?

– Ton grand-père était un homme très autoritaire. « Écoute et tais-toi ! » était sa devise. « Écoute et tais-toi ! » C'était un dentiste réputé, son cabinet marchait très bien, il a estimé, pour mon bien, que je devais faire des études de stomatologie. Aujourd'hui, je l'approuve. Notre niveau de vie aurait été totalement différent si j'avais suivi une autre voie.

Elle avait eu envie de lui demander d'où venait alors la colère qui s'emparait de lui quand il s'enfermait à clé dans la bibliothèque, au beau milieu de la nuit, pour jouer du piano. Elle la devinait à son toucher, à sa façon de faire corps avec la partition, tandis que le martèlement de Rachmaninov courait le long des murs comme une araignée aux longues pattes invisibles, grimpant jusqu'à sa petite chambre sous les combles.

Tous les hommes de ma famille sont des pianistes. Mon père, mon grand-père Guilherme, mon grand-oncle Rodrigo, qui fit construire cette maison en 1925.

J'ai grandi au milieu des touches noires et blanches, bercée par la rigueur mathématique et émouvante du piano. Aujourd'hui encore, c'est souvent grâce à lui que je m'endors. Dans ces moments-là, se répand autour de moi, tout doucement, une odeur de lavande et de mauve, mêlée à celle de peinture à l'huile.

J'ai l'impression que cette odeur vient de moi. Je renifle mes mains, mes bras, ma chemise de nuit...

Mais non. C'est un parfum intense, entêtant, qui chasse sommeil et repos, ce sont des pas mystérieux, qui finissent par me tirer du lit, bon gré mal gré.

Alors, quand je regarde le fleuve par la fenêtre de ma mansarde, l'angoisse étreint mon cœur. Sur l'autre rive, au loin, le train de lumière se transforme en un animal fantasmagorique, un monstre. Quelque chose qui ne devrait pas exister.

Voilà ce qu'elle aurait voulu lui demander, et bien d'autres choses encore, mais c'était inutile. Son père manipulerait une fois de plus la vérité, comme il avait tout manipulé dans la vie. Même sa femme, à qui il avait déclaré, peu de temps après leur retour de voyage de noces, à Venise, qu'il voulait disposer chaque semaine d'un jour de liberté absolue.

– Les samedis m'appartiennent. Ce que je fais ou ne fais pas ce jour-là ne regarde que moi.

Comment sa mère, une femme rigide et sûre d'elle, avait-elle pu accepter une telle extravagance ? Passe encore une provinciale, mais une jeune fille née et élevée sur les rives de la Seine ?

Augusto avait pris un toast rond et mince qu'il avait tartiné de confiture de fraises.

– Et toi, mon ange, tu n'as pas l'intention de reprendre la faculté ? Tu pourrais passer une épreuve par an. À ton rythme.

– Ces études ne me disent plus rien, papa.

– Et pourquoi pas autre chose ?

Autre chose ? Quoi donc, puisque plus rien n'avait de sens ! Rien ne pourrait l'aider à retrouver l'enthousiasme que, pendant si peu de temps, elle avait éprouvé.

– Ta mère me dit que tu dors toute la journée, que tu n'appelles pas tes amis. Les médicaments que tu prends ne seraient-ils pas trop forts ?

Elisa se raidit.

Qu'est-ce qu'elle en savait, sa mère ? Elle partait tôt le matin, rentrait tard le soir, tenait toujours un journal à la main les rares minutes où elle s'asseyait au salon, passait toutes ses vacances et ses week-ends prolongés à Paris.

– Tu sais combien elle est attachée à ton frère. Son départ n'a pas été facile. Personne ne la voit pleurer ni se plaindre, mais moi, je le sais bien. Et puis ta grand-mère est âgée, elle n'a pas d'autres enfants…

Augusto regarda ostensiblement sa montre.

– Promets-moi de réfléchir à tout ça.

Il se leva.

Elisa promit.

C'est au Jardin d'Estrela[1] que Rodrigo da Cunha Blanco vit Laura Dias pour la première fois.

Son attention avait été attirée par la svelte silhouette de la jeune bonne d'enfants, qui se découpait dans la brume froide de ce matin d'octobre, poussant un landau et balançant avec grâce le sac où étaient transportés langes et biberons.

Il la regarda s'asseoir sur un banc, arranger la jupe de son uniforme noir et lisser de la main ses longs cheveux ondulés, hésita, puis s'approcha pour la voir de plus près. Il la salua alors d'un signe discret, portant les doigts à son chapeau, comme il aurait fait pour une vieille connaissance.

Cela ne l'intimida pas. Au contraire. Elle jeta sur lui la nuit noire de ses yeux immenses, qui éclipsaient le reste de ses traits et rejetaient dans une brume encore plus profonde les arbres du jardin.

Rodrigo demanda la permission de s'asseoir. Il adorait les matins d'octobre, dit-il, les feuilles ocre et rouges qui jonchaient le sol, l'odeur de terre mouillée, les premiers froids qui font aspirer au confort d'une maison.

1. Quartier chic au nord-ouest de Lisbonne, célèbre pour sa basilique.

Il en construisait une tout près, il venait chaque jour surveiller les travaux, vérifier qu'on respectait ses ordres. Il était propriétaire viticole dans la région de Baião[1], elle connaissait ?

Laura ignorait tout de cette province. Elle était née et avait grandi dans un village du Minho, du côté de Terras de Bouro[2]. Sa mère était paysanne, son parrain prêtre – mais ce dernier détail, elle ne le lui avait pas révélé.

Son parrain s'était occupé de son éducation. Il lui achetait des vêtements et des cahiers et lui avait appris à lire et à écrire. Il admirait les fleurs qu'elle dessinait dans le jardin, sur les chemins de terre battue, avec un bout de bois, ou sur le haut des pages de son cahier d'exercices.

– Tu es très intelligente, ma petite, disait-il de temps en temps, en lui tapotant délicatement la tête. Et tu as hérité de la beauté de ta mère.

Ce n'est malheureusement pas à sa mère que les gens du village trouvaient qu'elle ressemblait. Elle avait souvent été la cible des jeux cruels des enfants qui la chassaient à coups de pierres. Mais rien ne l'avait fait plus souffrir que la mort de son parrain, alors qu'elle n'avait que onze ans.

Le vieux curé souffrait du cœur. Il marchait lentement dans la rue, à petits pas, et malgré toutes sor-

---

1. Ville du nord du Portugal, dans la région viticole du Douro.
2. Le Minho est la province la plus septentrionale du Portugal. Terras de Bouro est une petite ville de cette province, dans une région montagneuse.

tes de précautions – à la maison on ne salait pas les plats – il s'effondra sur l'autel, dans ses ornements sacerdotaux brodés d'or, un dimanche matin, en pleine cérémonie de mariage, à l'instant précis où il demandait à la mariée parée d'un voile et d'une couronne si elle promettait de rester auprès de son compagnon dans la joie comme dans la peine, la santé ou la maladie…

Il allait conclure par « jusqu'à ce que la mort vous sépare » quand il porta la main à son cœur et bascula en avant. Il venait de s'éteindre.

Le fiancé et sa famille virent dans cet événement un signe : la fille n'était pas digne d'eux. Le mariage n'eut pas lieu.

Laura avait vu avec beaucoup de chagrin un nouveau prêtre s'installer dans la maison de son parrain et ranger dans un coin ses livres, ses statues de saints et ses vieilles chaussures. Orpheline de quelqu'un qu'elle n'avait pas le droit de pleurer, elle cacha, à l'instar de sa mère, la profondeur de sa peine, l'enfouissant dans la répétition des gestes quotidiens : aller chercher plusieurs fois par jour de l'eau au puits, faire des commissions, laver et relaver le portail du jardin.

Trois ans plus tard elle était partie à Lisbonne, au service d'un couple de la région, connu du médecin du village, qui avait promis de la nourrir correctement, de ne pas la laisser sortir le dimanche parce que les dangers de la ville étaient de plus en plus menaçants et de s'occuper d'elle comme d'un membre de la famille. Laura s'était résignée sans mal au sort que la vie lui réservait, décidant aussitôt de ne plus remettre les pieds dans le trou inhospitalier qui l'avait vue naître et grandir, sans jamais s'intéresser à elle.

Tu connaîtras des jours meilleurs, Laura Dias[1], se disait-elle chaque fois qu'elle passait le chiffon à poussière sur la longue table de la salle à manger, étincelante comme un ruisseau au soleil. Ses employeurs étaient bizarres. Ils exigeaient qu'elle nettoie ce qui était propre, qu'elle astique le parquet qui n'avait rien perdu du lustre qu'elle s'était échinée à lui donner quelques jours auparavant. À coup sûr, ils n'avaient jamais mis les pieds dans une étable ni vu les traces de boue sur les murs bas des maisons, ne connaissaient pas les marques de doigts sales, ni les traces de sueur que les dos harassés laissaient sur les chaises.

Il fallait soulever un à un, très délicatement pour ne pas les briser, chacun des vases et des bibelots qui décoraient les meubles et leur ôter une poussière inexistante. Tous les jours. Sinon Madame grondait.

Le soir, dans la chambre du fond, où elle devait se retirer une fois son labeur accompli, Laura contemplait l'obscurité jusqu'au moment où elle apercevait distinctement la silhouette lourde et candide du vieux curé. Tu es intelligente, petite, très intelligente. Et aussi belle que ta mère, lui disait-il en secret.

Elle se tournait alors, et alors seulement, contre le mur, sur son matelas de paille.

Bénissez-moi, parrain, murmurait-elle avant de s'endormir.

– Vous ne connaissez pas Baião ? demanda à nouveau Rodrigo.

Laura sourit.

---

1. Jeu de mots : « Dias », le nom de famille de Laura, signifiant « jours » en portugais, on lit donc : « Tu connaîtras des jours meilleurs, Laura Jours. »

– Je ne connais rien, Monsieur. Seulement mon pays et Lisbonne. J'ai travaillé à Belém[1] pendant plus de cinq ans. Maintenant je vis tout près d'ici. Là-haut, vous voyez ?

Elle tendit le bras d'un geste de danseuse. Rodrigo regarda davantage le bout de ses doigts gracieux que l'endroit qu'ils pointaient. Il ne voyait que des fleurs et des arbres.

– Puis-je connaître votre nom ?

– Laura, répondit-elle sans hésiter. Laura Helena qui attend des jours meilleurs.

Rodrigo frémit de surprise.

– Ne faites pas attention, je divague, dit-elle, partant d'un éclat de rire lumineux. Je m'appelle Laura Dias. Je fais toujours cette blague[2].

Rodrigo, tendant la main, se présenta :

– Rodrigo da Cunha Blanco, pour vous servir.

Quelle femme surprenante. Elle avait des gestes de ballerine, une allure d'aristocrate, un uniforme de bonne et le comportement un peu effronté d'une fille des rues.

Il observa son front haut, son nez un peu long, sa bouche aux lèvres fines. Il y avait en elle comme un excès de symétrie qui la rendait étrangement attirante. Cependant, l'essentiel de sa beauté résidait dans ses yeux de nuit, deux immenses tunnels, au fond desquels brillait de la poussière d'étoiles. Et dans son rire, qui élargissait le paysage. Dans ses mains. Au bout de ses doigts.

Elle prenait dans ses bras le bébé en pleurs et le berçait en un geste d'une pureté absolue, exempt de toute crainte.

---

1. Quartier à l'ouest de Lisbonne, au bord du Tage.
2. Voir note p. 22.

Rodrigo lui confia qu'elle lui rappelait une Madone de la Renaissance et lui raconta qu'il allait au British Museum chaque fois qu'il rendait visite à son ami d'enfance, attaché culturel à Londres.

Elle voulut savoir ce qu'était un attaché culturel. Elle aimait apprendre. Et elle possédait une mémoire prodigieuse – il lui suffisait d'entendre quelque chose une fois pour ne plus l'oublier. Dieu lui avait aussi donné cette qualité typiquement féminine qui consiste à savoir utiliser ses connaissances au moment opportun et à deviner celui où le silence – accompagné d'un léger signe de la tête – revêt toutes les apparences de la sagesse.

Pendant des années, elle avait écouté, à tous les repas, son parrain discuter avec sa mère, comme si Dolores Dias, illettrée et sourde de naissance de l'oreille droite, avait pu comprendre quoi que ce soit à ce qu'il lui racontait. Il aimait s'écouter, le curé. Et qu'on l'écoutât. Exilé, presque à la fin de sa vie, dans ce trou si éloigné de Braga[1], où il était né et avait grandi, les sermons du dimanche ne lui suffisaient pas. Il prêchait entre la soupe et le poisson, entre le poisson et la viande et entre la viande et le dessert, sur le livre qu'il venait de lire ou de relire, citait des extraits et déclamait de longs poèmes, tels « La Justice de Castille » de Tomás Ribeiro[2], que Laura avait appris par cœur peu de temps après avoir maîtrisé, dans les deux sens, la table de multiplication.

Sa mère écoutait et acquiesçait, acquiesçait et écoutait, les cheveux noués sur la nuque, les yeux bais-

1. Braga est la capitale de la province du Minho et le siège de l'archevêché. Ancienne Bracara romaine.

2. Poète académique et homme politique portugais (1831-1901).

sés sur la nappe de lin blanc. Elle savait que le prêtre ne lui demanderait pas son avis, qu'il ne la placerait pas face à son ignorance. Ils tenaient l'un et l'autre à ce vieux rituel : elle ôtait les arêtes de son poisson, lui épluchait ses fruits, il dissertait sur Dante, Cervantes, le père António Vieira.

Laura savait qu'elle ne devait pas l'interrompre ni l'interroger. Elle gardait ses questions pour plus tard. Quand, le soir, ouvrant la porte de sa chambre pour vérifier si elle dormait, son parrain la trouvait les yeux grands ouverts, il lui demandait :

– Eh bien, ma petite, as-tu fait tes prières ?

Elle répondait :

– Oui, j'ai dit deux Pater et trois Ave. Après une légère pause : – C'était qui, le Chevalier à la triste figure ?

Il ne dépassait pas le seuil de la porte.

– Je parlais de moi, ma petite, de moi. Tu n'as donc pas compris ? Si tu veux, je te prêterai le livre.

Elle avait voulu. Elle n'avait rien d'autre à lire dans ce bout du monde, qui était pour elle le début. Elle le dévora de la première à la dernière page. Elle avait onze ans.

– Savez-vous que Lisbonne a été une ville sans jardins ? dit Rodrigo. L'idée de créer des espaces avec des arbres et des pelouses n'a été introduite que fort tard. Les premiers jardins publics sont nés seulement au XVIIIe siècle.

Laura recoucha le nourrisson dans ses minuscules draps de lin et releva la capote en cuir bleu foncé du landau.

Il continua :

– L'un des plus beaux et des plus grands est celui-ci, le jardin d'Estrela. Dans cent ans les arbres exotiques que nous voyons offriront une ombre superbe en été et déploieront leur puissance en hiver.

Elle repoussa la mèche de cheveux noirs qui lui tombait sur le front.

– Remarquez, Laura, que l'on a construit un kiosque à musique. On a pensé à l'éducation du peuple. Les fanfares militaires viennent jouer ici, comme cela se fait ailleurs, à Londres, à Paris, dans d'autres villes européennes civilisées.

– Vraiment ? demanda-t-elle, les yeux brillant d'enthousiasme.

Il lui proposa alors un rendez-vous pour le dimanche suivant. Il passerait la prendre. Qu'elle soit là sans faute.

Il la regarda s'éloigner entre les grands arbres. Elle se dirigeait à petits pas vers la sortie, les roues du landau broyant les feuilles ocre qui jonchaient le sol. Laura Helena qui attendait des jours meilleurs.

*

Au début, ils se retrouvaient le dimanche. D'abord, juste pour se promener, Rodrigo offrant à Laura toutes sortes de babioles susceptibles de lui plaire : des roses blanches, des crayons de couleur, du papier, des livres, du parfum à la mauve et à la lavande. Plus tard, il l'avait emmenée dans une chambre, chez une petite dame grassouillette qui abusait de la poudre de riz et portait toujours la même robe violette ornée d'un large col en dentelle.

Ce fut là, rua das Janelas Verdes, qu'ils fermèrent les yeux et laissèrent entrer la lumière, qu'ils firent de leurs corps une salle de bal, leurs gestes s'ajustant dans le plus sophistiqué des ballets. Ce fut là qu'ils grimpèrent sur la plus haute marche du podium et qu'ils s'octroyèrent maintes fois le prix du meilleur couple de l'année, toutes disciplines confondues.

Quelques mois plus tard, Rodrigo s'aperçut qu'il était vraiment amoureux. Comme il ne l'avait jamais été en quarante-quatre ans d'existence. Cette femme lui avait dérobé le sommeil et l'appétit. Les deux foyers de lumière noire de ses yeux immenses envahissaient la lente routine de ses journées, faisant irruption aux moments les plus inappropriés. Des parties de son corps lui apparaissaient alors qu'il prenait un dernier whisky avec ses amis le soir ou qu'il lisait le journal du matin chez Ramos, son barbier.

– Vous n'avez pas l'air dans votre assiette, affirmait celui-ci. Pardonnez-moi cette franchise, mais je vous connais depuis si longtemps…

– De sérieuses décisions à prendre, mon ami, répondait-il sans bouger, de peur que le rasoir plein de mousse ne calquât sa vitesse sur celle de son rythme cardiaque. De sérieuses décisions à prendre…

La villa de Lapa était terminée. Rodrigo avait fini de la meubler quand il tenta le tout pour le tout : cette maison serait celle de Laura. Il lui rendrait visite tous les après-midi. Il la verrait s'occuper du jardin, elle lui préparerait à goûter, de temps en temps ils dîneraient ensemble.

Laura en resta médusée.

– Et ta femme ? demanda-t-elle. La maison ne lui appartient-elle pas aussi ?

Rodrigo lui expliqua qu'il n'en allait pas tout à fait ainsi. Les propriétés et l'argent étaient détenus par sa famille. En outre, il était marié depuis presque dix-huit ans et jamais Clotilde, pendant tout ce temps, n'avait manifesté le moindre intérêt pour ses affaires. Elle ne tenait pas à connaître la nature de ses investissements. Du moment que rien ne lui manquait…

Et elle ne savait pas écouter. Voilà quelques jours, elle l'avait interrompu avec ses sempiternelles plaintes à propos de sa modiste, qui avait repoussé un essayage d'une journée, alors qu'il tentait de lui expliquer l'extraordinaire importance de la traversée aérienne de l'Atlantique sud que Gago Coutinho et Sacadura Cabral[1] avaient effectuée quelques années auparavant.

Laura avait lu quelque chose à ce sujet dans les journaux, mais ne comprenait pas très bien la raison de l'enthousiasme des éditorialistes, ne fût-ce que parce qu'il avait fallu trois appareils pour accomplir ce voyage. Comme s'il avait lu dans ses pensées, il lui expliqua :

– L'important, ce sont les capacités extraordinaires de la navigation précise, ma chérie. Aller des Canaries au Cap-Vert sans aucun point de repère, c'est un exploit en soi. Trouver les rochers de S. Pedro et de S. Paulo, minuscules cailloux perdus dans l'océan, c'est unique, c'est inouï.

Il soupira. Malheureusement, l'essayage reporté d'un chapeau était pour Clotilde plus important. Son

1. Ces deux aviateurs portugais réalisèrent, en 1922, la première traversée aérienne de l'Atlantique sud (Lisbonne-Rio de Janeiro) de l'histoire de l'aviation.

mariage était une erreur de jeunesse. Son fils et la promesse faite devant Dieu le retenaient prisonnier de ce lien, qu'il avait d'ailleurs noué contre son gré, cédant à la volonté de ses parents.

Laura comprenait. C'étaient les fameuses voies impénétrables du Seigneur, dont sa mère parlait souvent. La vie n'était jamais à la hauteur de nos désirs. Elle était reconnaissante à Rodrigo de lui avoir avoué dès le début qu'il était marié. Il lui donnait tous les jours, à tous moments, d'incontestables preuves d'amour. La dernière en date était cette maison. N'importe quel petit appartement l'aurait comblée, mais il avait voulu dépasser ses rêves les plus fous : une maison avec un jardin.

Elle contemplait l'énorme acacia, antérieur à la construction, les parterres destinés aux fleurs, la porte en chêne, munie d'un heurtoir en forme de poing. À l'intérieur, elle se sentit toute petite sous les très hauts plafonds travaillés, décorés en leur centre de fleurs de lys. « Villa des lys », tel était d'ailleurs le nom de la maison, Rodrigo ayant choisi ce motif pour thème principal.

– Tout ça pour moi, murmura-t-elle.

– Tout ça et bien plus encore, crut-elle entendre.

Dans le grand salon, le sol en marbre était recouvert d'un tapis d'Arraiolos[1]. Deux canapés en cuir flanquaient une bibliothèque en acajou, encore vide. Au fond, se profilait la masse d'un gigantesque piano à queue.

1. Ville portugaise de la province de l'Alentejo, réputée pour ses tapisseries.

Rodrigo lui prit la main et la fit s'asseoir. Il s'approcha ensuite du piano, sans se hâter, l'ouvrit et joua le Prélude Op. 28 de Chopin, que Laura, émue aux larmes, entendait pour la première fois.

Je rêve sans cesse que je suis emprisonnée. Un papillon sur lequel on referme les portes d'une armoire au moment précis où il se pose sur un verre. Une phalène à bout de forces qui se débat contre la lumière verte de l'abat-jour sans trouver d'issue.

Je suis emprisonnée en moi-même et certains mots tombent comme de vieilles croûtes. Des mots épars, des fragments, des coups de pinceau aux tons pastel. Une toile rectangulaire, sur un vieux chevalet, attend mes mains qui désirent l'atteindre. Mes doigts, immenses pinceaux, s'allongent, toujours plus fins, plus longs, et grattent, sur la surface lisse, d'étranges mots que je ne peux pas déchiffrer.

Mon âme sue.

Je sais que le sommeil est libre. Moi seule suis prisonnière. Une silhouette féminine déambule avec une extrême lenteur dans la chambre.

Depuis la fenêtre j'aperçois le fleuve. Le courant m'entraîne. C'est le temps qui m'emporte et me ramène dans un élan perpétuel, tandis que mes pensées se croisent au loin, vagues de marées contradictoires.

De temps en temps je dors et connais la paix.

Elisa remonta la couverture. La nuit s'était-elle soudain rafraîchie ou la fenêtre était-elle ouverte ? Il lui arrivait d'oublier de la fermer et d'être réveillée par l'air du fleuve qui envahissait la chambre, au moment où le soleil s'apprêtait à naître.

Parfois elle enfilait une robe de chambre et allait se poster à la fenêtre. Elle voyait alors plus que le ciel. Plus que le fleuve. Plus que la rue et les maisons. Elle distinguait le reflet de tous ses espaces vides. Des peurs stagnantes comme des étangs. Des désirs lovés dans leur nid. Le courant froid de la nuit amplifiait sa conscience, démesurément.

C'est dans ces moments-là qu'elle prenait de grandes décisions. Recommencer ses études. Trouver un emploi. Se risquer à aimer, à nouveau.

João Diogo avait laissé de nombreuses cicatrices. Des foulards. Des poèmes. Des notes de jazz. Des nuits bleues aux mots liquoreux. Rien n'avait été banal avec lui, il était le contraire de la banalité. Enfant pauvre, abandonné, adopté à l'âge de dix ans par une femme écrivain un peu excentrique, qui voyait fuir les années sans connaître les fameuses joies de la maternité, João Diogo avait eu pour père un astronome, capable d'observer le ciel sans le moindre esprit poétique, mais qui dissertait longuement sur les étoiles et les comètes.

Il avait éprouvé à leur égard une telle gratitude, qu'afin de ne pas les décevoir il avait obtenu d'excellentes notes à l'école et réprimé la plupart de ses penchants les plus primaires. Elisa avait été son premier amour. Il lui fit sa déclaration sur la plage de Guincho[1], au milieu des vagues, une petite boîte en velours dans une main, l'autre levée au ciel, tel le poète sauvant l'épopée[2].

Ils avaient vingt-trois ans.

Cette année-là, João Diogo devait suivre un cours d'été à Rome et Elisa l'avait accompagné sans hésiter. Ils avaient pris le train ensemble – ce qui constituait une aventure en soi, vécue au rythme de leur wagon, tandis que l'Europe filait sous leurs yeux.

Elle se souvenait qu'elle avait souhaité ne jamais arriver. Que le voyage dure toujours, sa main dans celle de João Diogo, dans le bercement cadencé du train, animal préhistorique qui les transportait dans son ventre, crachant de temps en temps contre le paysage.

Puis ce fut l'arrivée à Rome. L'accident près du Vatican. L'hôpital. Les religieuses. Ses parents venus la chercher. L'enterrement. La longue dépression, dont elle n'était pas sortie.

La nuit seulement, au cours de ces moments intenses et rares où il lui semblait tout voir très claire-

---

1. Plage au nord de Lisbonne.

2. Référence à un célèbre épisode de la vie du grand poète portugais Luís de Camões : alors que son vaisseau avait fait naufrage, il réussit à nager d'une seule main, tenant de l'autre le manuscrit de son épopée, *Os Lusíadas* (*Les Lusiades*). Il fut sauvé ainsi que son œuvre.

ment, elle pouvait imaginer un nouveau départ. Peu après, réveillée par la bonne qui frappait pour la dixième fois – Mademoiselle, il est quatre heures de l'après-midi –, elle posait avec répugnance les pieds par terre, dans une morne apathie, quittant ses couvertures aussi péniblement qu'un serpent, contraint de muer avant la saison, se dépouillerait de sa peau.

– Voilà, voilà, répondait-elle en enfilant un vieux pull et le jean jeté la veille au pied de son lit.

La bonne avait préparé le déjeuner, qu'elle avalait avec indifférence. Sans appétit.

Tout le monde savait qu'il valait mieux ne pas lui adresser la parole au réveil. Elisa traînait derrière elle son angoisse qui pouvait se retourner, telle une tornade, contre le premier venu.

Heureusement, maintenant que son frère s'était installé à Paris, la maison était presque toujours déserte. Excepté le samedi, jour où sa mère mettait de l'ordre dans ses tiroirs et dans ses boîtes, et le dimanche, qui voyait la présence silencieuse de son père, seule la bonne, qui la fuyait comme la peste, vaquait à sa besogne, chantonnant à voix basse, après une brève apparition pour lui demander si elle pouvait monter ranger la chambre.

Il y avait aussi la petite fille, bien sûr. Mais, elle, on ne l'entendait pas bouger et elle n'ouvrait la bouche que pour répondre aux questions.

– Bonjour Ritinha, dit Elisa en lui passant la main dans les cheveux.

– Bonjour.

Sa petite voix ressemblait à un gémissement.

– Déjà rentrée de l'école ?

Elle fit oui de la tête. Soudain, dans un élan enthousiaste, elle courut à la cuisine – elle se déplaçait comme un oisillon silencieux –, revint avec son cahier et l'ouvrit pour montrer ses dessins.

– Qu'il est joli, celui-là ! s'exclama Elisa, du ton de surprise exagérée qui plaît tant aux enfants.

La petite fille pointa timidement le doigt et murmura :

– C'est ici.

– C'est quoi, Ritinha ?

– Ici, dit-elle un peu plus fort. Le salon, la dame et le piano.

– Ah ! fit Elisa dans un soupir. Elle examina la tache blanche et gracile à côté du vieux piano à queue.

– Et qui est en train de jouer ? demanda-t-elle.

La petite fille haussa les épaules jusqu'aux oreilles, signifiant qu'elle l'ignorait.

– Tu ne sais pas ?

– Non. La dame est en train d'écouter.

– Ah !

Elisa réfléchit. Elle décida de poursuivre.

– Et comment s'appelle cette dame avec qui tu parles tant ? Tu lui as déjà demandé ?

Ritinha la regarda dans les yeux, s'assurant qu'elle pouvait lui faire confiance.

– Laura, dit-elle tout bas. Elle s'appelle Laura.

*

Ce soir-là Elisa descendit à huit heures, sans que sa mère ait eu besoin de l'appeler pour le dîner.

Martine était assise dans un fauteuil, murmurant dans un minuscule téléphone portable métallisé.

*– Mais oui, bien sûr, je serai là**.

Son père, le regard vague, fatigué peut-être, regardait le journal télévisé, presque inaudible.

Ils dînèrent en silence, le son de la télévision coupé, les pas de la bonne faisant craquer le parquet.

– Papa, dit finalement Elisa, qui était cette femme qui s'est suicidée ici ? Je me souviens en avoir entendu parler quand j'étais petite...

Le stomatologue posa ses couverts en souriant.

– Je ne sais pas si c'est vrai, ma chérie. On raconte que ton grand-oncle Rodrigo, quand il a fait construire cette maison, y a logé une femme très jolie qui a vécu ici quelques années, j'ignore combien au juste. On dit aussi qu'elle s'est tuée par amour.

– Oh, *l'amour** ! s'exclama Martine, en se servant de salade, une moue ironique aux lèvres. Tu as pris ton Xanax, Élise ?

Elisa fit oui de la tête et avala la dernière bouchée d'un steak qui lui avait paru totalement insipide.

– Elle aurait pu s'appeler Laura ?

L'air moqueur de sa mère s'éternisait.

Que savait-elle de l'amour ? Reproductrice à sang froid, elle faisait partie de ces femmes qui passent leur vie à surveiller leurs actes et leurs paroles, anticipant le danger, pesant ses baisers sur les plateaux savamment déséquilibrés d'une balance – tendres pour son frère, accompagnés d'un regard doux, et pour elle, un simple claquement au bord de la joue.

Elle avait toujours été ainsi, méticuleusement imparfaite, détentrice de la vérité, qui n'existait pas en dehors d'elle, puisque le monde trouvait son origine et sa fin dans sa propre expérience et sa profonde sagesse. Elisa détestait sa bouche sarcastique, les lunettes dorées qui encadraient son regard, ses mains sèches et courtes occupées en permanence.

Elle venait de lui retirer son assiette, la vidant dans un mouvement brusque des couverts en argent.

« Reste tranquille, maman, la bonne va s'en charger », aurait dit Olivier, s'il avait été là. Et l'accès d'énergie qui animait son bras serait aussitôt retombé – excès de vitesse à contresens.

Mais Olivier était loin, très loin. Il vivait à Paris depuis plus d'un an, où il enseignait la littérature. Très loin aussi, les terribles querelles de l'après-midi, quand il mettait à fond sa chaîne stéréo, et que, excédée, elle se précipitait en hurlant dans sa chambre.

– Laisse-moi tranquille, petite frustrée, susurrait-il, collant sa bouche chaude à son oreille, après l'avoir plaquée contre le mur en la tenant par les poignets. Tu as vu ton psychiatre cette semaine ?

Plus Elisa criait, rendue folle par le bruit qui prenait possession des murs et de son corps, plus il baissait le timbre de sa voix, qui s'infiltrait à travers sa peau.

– Ce n'est pas ma faute si maman n'arrive pas à t'aimer. Et sa voix se faisait ultrason, qu'en dépit de tous ses efforts elle ne parvenait pas à ne pas entendre.

– Maman est à moi !

Le départ d'Olivier pour Paris avait été une bénédiction. Et son poste d'enseignant, qui devait le fixer définitivement là-bas, aurait dû apporter à Elisa une paix profonde, si elle avait pu l'oublier un seul instant.

Son père regarda le plafond, le front plissé, le regard perdu et vague.

– Laura… Laura… maintenant que tu le dis, peut-être, oui, s'appelait-elle Laura.

À l'aube tous les fleuves ont des tons blanchâtres, des bras ondulants, des brumes ensommeillées.

Qui m'a appris, et quand, que l'eau s'évapore, que l'eau gèle ? Que l'eau peut être visible, invisible, dense ou fluide ?

Qui m'a murmuré à l'oreille que l'être humain est âme et eau, gel et dégel ? Vapeur planant sur le fleuve à la recherche de lui-même ?

Rodrigo prit une cigarette égyptienne dans son étui en argent, la roula entre ses doigts, la porta à son nez pour en sentir l'arôme et l'alluma, sans quitter Laura des yeux. Après avoir expiré une longue bouffée, il s'exclama :

– Le progrès va transformer ce pays. C'est à ses nouvelles inventions qu'on voit la grandeur d'un peuple. Tu as remarqué comme on arrive vite à Cascais[1] depuis Lisbonne ? Le train électrique est le moyen de transport de demain. Dans quelques années, la vapeur sera remplacée par l'électricité, par le pétrole, par l'essence…

Laura acquiesça. Elle, ce qui la surprenait, c'était le mouvement des bateaux dans l'estuaire du Tage. Où donc pouvaient aller tant de marchandises, apportées et emportées par des monstres de fer qui se déplaçaient au milieu des nuages de fumée noire sortant des hautes cheminées ?

---

1. Cascais, à une trentaine de kilomètres au nord de Lisbonne, est une station balnéaire élégante.

Elle les apercevait presque tous les jours de la fenêtre de la mansarde, où Rodrigo avait tenu à lui installer un petit *atelier**.

Il n'avait découvert son goût pour le dessin qu'au bout de deux ans, à force de la voir griffonner dans la marge des journaux et de l'*Ilustração Portuguesa*[1], qu'elle faisait acheter toutes les semaines.

– Voilà tout ce dont tu as besoin pour peindre tes fleurs : chevalet, toiles, papier, fusain, aquarelle, pinceaux, peinture à l'huile... Préviens-moi quand tu n'en auras plus, je t'en rachèterai.

Elle passait là ses journées, après avoir arrosé le jardin, tôt le matin, entre le contour d'un pétale qu'elle dessinait de mémoire et la tige qu'elle avait devant les yeux, ébauchée encore et encore. Elle peignait des mauves, surtout. Mais aussi des bougainvilliers, des roses, des fleurs de lys semblables à celles du plafond, des nénuphars flottant sur des lacs aux eaux troubles.

Rodrigo ne venait jamais avant cinq heures. Il avait embauché une bonne, plus âgée qu'elle et également originaire du Nord, qui s'occupait du ménage, de la cuisine et du linge. Il était prêt à prendre une personne supplémentaire, parce que la maison était grande et qu'en aucun cas les longues et douces mains de danseuse de Laura ne devaient être abîmées par des tâches qui leur étaient interdites.

– As-tu vu à quelle vitesse le tramway monte de Santos à Lapa ? faisait-il observer, enthousiaste, quand ils s'asseyaient dans le jardin. Les charrettes

1. Journal portugais illustré, comme son nom l'indique, du début du XXe siècle.

tirées par des ânes céderont bientôt la place à de puissants camions qui iront d'Estrela à Belém en quelques minutes.

Laura craignait que la victoire des machines ne marquât aussi la fin de sa tranquillité. En outre, l'odeur des automobiles l'étourdissait un peu…

– Laisse, tu finiras par t'habituer. Et puis on inventera de nouveaux médicaments pour soigner les nausées. Je suis un homme de demain, ma chérie. Le passé est un temps nécessaire au futur. Rien d'autre.

*

Des nausées, des vraies, elle avait commencé à en avoir, presque tous les matins, quand elle contemplait avec un immense dégoût la table du petit déjeuner.

– Il vaudrait mieux que Madame fasse attention. C'est pas pour dire, mais ma mère a eu six enfants, plus deux qui sont morts et deux qu'elle a renvoyés à l'expéditeur, que Dieu me pardonne, mais il le fallait bien, lança Rosinda, la bonne, quand elle la vit tendre la main vers le mur qui semblait s'éloigner à toute vitesse, comme les camions dont Rodrigo parlait tant.

– Ce n'est rien, juste un léger vertige, répondit-elle.

Au fil du temps, Laura avait noué avec cette femme une relation très étroite. Rosinda était petite et trapue, et il était difficile de lui donner un âge. Il lui manquait une dent de devant, lointain souvenir d'une raclée que son père lui avait flanquée après une de ses innombrables soûleries, et elle compensait son absence de beauté par le zèle extraordinaire qu'elle mettait à travailler.

Elle astiquait méticuleusement l'argenterie, nettoyait vitres et miroirs jusqu'à les rendre invisibles et, à genoux, frottait le parquet, comme si elle s'acquittait d'une vieille dette envers le destin.

Le soir, après le départ de Rodrigo, elles veillaient ensemble dans la pièce qui donnait sur le jardin, Rosinda plongée dans ses éternels travaux de dentelle, Laura reprisant de vieux vêtements dont elle n'arrivait pas à se débarrasser, bien que Rodrigo lui offrît tous les mois une pièce de soie ou de velours pour ses toilettes.

À quoi bon ? se disait-elle souvent. À quoi bon, puisqu'il ne l'emmenait plus nulle part, qu'elle était condamnée aux quatre murs de cette maison et aux allées du jardin ? Mais elle demandait aussitôt pardon à Dieu pour son ingratitude. Cet homme ne mettait-il pas tout en œuvre pour qu'elle jouisse d'une vie privilégiée ? Un *atelier** pour peindre, elle qui ne connaissait rien à la peinture, une domestique qui lui épargnait les travaux ménagers, du linge, des graines et des fleurs, des parfums, des livres ? Il faisait tout pour la rendre heureuse.

Comment pouvait-elle se montrer si peu reconnaissante ?

– Je t'ai apporté aujourd'hui quelque chose qui va sans doute te plaire, avait dit Rodrigo quelques jours auparavant en lui plaçant dans les mains un volume qui sentait encore l'encre. Il est d'une femme qui fascine la moitié de Lisbonne. Ses vers sont des cris de douleur, d'après les connaisseurs, des romantiques, je suppose.

Il avait ajouté, en guise de conclusion :

– Lis-les, mais ne te laisse pas abattre par tant de souffrance. Je veux te voir joyeuse et de bonne humeur. Ma Laura qui connaît aujourd'hui des jours meilleurs !

Elle acquiesça avec un léger sourire et rangea le livre de Florbela[1].

Elle le lirait plusieurs nuits d'affilée, apprenant certains sonnets par cœur, récitant des strophes d'autres poèmes, avant et après ses prières et pendant sa lutte contre l'insomnie, qui l'emportait de plus en plus souvent.

Le silence ouvre ses mains... répand des roses
Dans le ciel courent de vaporeuses caresses
Comme de pâles soies, traînant[2]*...*

*

Rosinda n'avait pas eu de chance. Elle avait raconté ses malheurs à Laura un soir que la pluie semblait vouloir fendre les vitraux jaunes de la fenêtre.

– Chaque fois que je me trompe et que je dois défaire une ou deux rangées de dentelle, je me souviens de ce porc qui m'a gâché la vie.

---

1. Florbela Espanca (1897-1930). Il est effectivement beaucoup question de souffrance dans ses vers, et de passion. À noter qu'elle était, comme Laura, une enfant illégitime.

2. Troisième strophe du sonnet « Crepúsculo » (« Crépuscule ») de Florbela Espanca, in *Livro de Soror Saudade*.

Elle lui parla alors de Joaquim dos Passos, le seul homme aux yeux bleus de son village. Elle se souvenait parfaitement du jour où il l'avait « tirée » vers lui pour la faire danser au bal de septembre. Pour se moquer de toi, lui avait-on dit. Son attitude niaise de jeune fille disgracieuse, qui riait à s'en dilater les narines dès qu'il était dans les parages, n'avait échappé à personne. Mais Joaquim dos Passos s'était toujours montré insensible aux charmes secrets de Rosinda.

Puis elle était partie pour Lisbonne, chez un ingénieur père de quatre enfants dont la femme était malade. Elle y avait passé des années et des années sans qu'aucun homme jamais ne l'aborde.

Jusqu'au jour où elle le retrouva, devant l'hôpital où elle visitait une cousine venue à Lisbonne pour une opération de l'appendicite. Joaquim dos Passos était plus mince. Plus élégant. Il portait la moustache.

– Vous ne pouvez imaginer ce que cet homme était beau !

Son cœur bondit dans sa poitrine. Ses jambes la trahirent et, si elle ne s'était pas assise, aidée par deux patients qui attendaient leur tour, elle se serait effondrée comme la femme insensée qu'elle n'était pas et qu'elle n'accepterait pas d'être.

Il s'approcha. Aimable. Délicat. Il demanda s'il pouvait la revoir et, à son grand étonnement, commença à lui rendre visite le dimanche, en fin d'après-midi.

Rosinda écrivit chez elle. Raconta tout à sa mère. Une fois de plus, la réponse fut que « ça » ne valait rien. Qu'elle ne devait pas se faire d'illusions.

En fait, elle ne les avait jamais perdues. Cet homme avait toujours hanté ses rêves. Il n'y en aurait pas d'autre. Au plus profond de son âme, elle en était certaine.

Pendant deux mois, elle ne dérangea pas dona Lucinda, la couturière de l'étage du dessous qui lui écrivait les lettres pour sa famille. Raconter des mensonges ? Il valait mieux ne rien dire.

Joaquim la respectait. Jamais, au cours de leurs rencontres, il ne lui avait fait d'avances. Pas le moindre geste déplacé. Il lui posait des questions, ça oui. Il voulait connaître sa vie. Et il lui racontait de petites histoires qui la faisaient éclater de rire au soleil et rapporter chez elle ces yeux bleus qui l'obsédaient à longueur de journée.

Au bout de deux mois, il lui parla mariage. Sans être allés plus loin qu'un bref baiser au bord des lèvres, ils choisirent ensemble le nom de leur premier enfant : Alberto, si c'était un garçon ; Mariana, pour une fille. Ils en auraient deux, un couple. Il avait même décidé qu'elle arrêterait de travailler.

– J'aurais voulu que vous le voyiez !

Laura se le représentait ressemblant à Rodrigo, qui lui aussi s'était laissé pousser une moustache qu'il caressait pendant les courts moments où il était silencieux.

À la fin de l'été, un jour que Rosinda ne pourrait jamais oublier, il lui dit qu'il avait trouvé une maison et qu'il fallait fixer la date du mariage. Ils devaient mettre leur argent en commun pour payer le mobilier et la caution du loyer. Combien possédait-elle en tout ?

C'était le fruit de plus de dix ans de travail à Lisbonne et l'épargne avait toujours été une des vertus de Rosinda.

Elle lui confia donc ses économies. Toutes, bien sûr.

Joaquim, en effet, avait trouvé une maison et fixé la date du mariage. Mais pas avec elle.

Elle ne le revit jamais, ni lui, ni l'argent. Elle apprit plus tard qu'il avait épousé une très jeune coiffeuse et qu'il habitait du côté de Vila Franca[1].

– Vous n'imaginez pas ce que j'ai ressenti, ce jour-là.

Laura imaginait fort bien. Elle était capable de plonger sans retenue dans le tourbillon des sentiments.

Rosinda faisait de la dentelle depuis l'âge de douze ans. Tous les soirs, après le travail. Tous les dimanches. Tous les petits bouts de vacances qu'elle n'avait jamais prises. Les tiroirs de sa chambre abritaient nappes et couvre-lits – son trousseau –, draps et napperons, et même une sorte de cape en lin rose qu'elle destinait à l'église São Bentinho da Porta Aberta[2].

– J'étais plus attachée à ma dentelle qu'à l'argent, vous pouvez croire ça ?

Laura pouvait.

– Eh bien, ce jour-là, quand je me suis rendu compte de l'étendue de ma bêtise, je me suis enfermée dans ma chambre et, très lentement, si lentement qu'on aurait dit une malade, je me suis mise à défaire, rangée après rangée, tout ce que j'avais réalisé.

1. Vila Franca : ville sur le Tage, à une vingtaine de kilomètres de Lisbonne.

2. São Bento da Porta Aberta (littéralement « Saint Benoît Porte Ouverte »), sanctuaire consacré à saint Benoît, dans le magnifique parc naturel de Gerês, dans la province de Minho, au nord du Portugal.

Je n'ai rien découpé, rien déchiré, non. Fil après fil, jusqu'à ce qu'il ne reste rien. Vous n'allez pas me croire : tant d'années de travail ! et le tout, bien serré, tenait dans une boîte à chaussure.

Je parcours d'interminables tunnels.

Des colliers cassés. De vagues souvenirs de moi-même.

Dans le jardin, une petite fille passe ses doigts dans les massifs de fleurs.

C'est une petite fille à feuilles persistantes et aux pas silencieux. Je voudrais faire son portrait, mais je ne parviens pas à atteindre le papier.

Je ne trouve pas mon fusain.

Elle a le profil d'une mauve au crépuscule. Un nez parfait. Une bouche presque lilas.

À qui peut bien être la petite fille éphémère qui s'approche et me demande :

– Comment t'appelles-tu ?

*

Il était presque vingt heures trente quand Martine gara sa BMW devant le portail de la maison.

Elle avait sous le bras la dernière édition des *Mémoires d'Hadrien* de Yourcenar, qu'elle avait reçue par la poste l'après-midi même, et un kilo de papayes achetées à la hâte pour faire du jus de fruit.

La lumière de la mansarde était allumée. Elisa n'avait pas quitté sa chambre depuis plus de deux jours. Pas même pour manger. Le docteur lui avait conseillé de ne pas insister. Elle continuait sans doute à noircir des pages et des pages dans ses cahiers à couverture noire. Des poèmes, des rêves, des délires dans lesquels Martine n'oserait pas s'aventurer – des coups d'ailes brisées – des confidences.

Le téléphone sonna pour la troisième fois.

Martine décrocha et entendit, de l'autre côté, un clic.

Ça recommence !*

– S'il te plaît, Auguste, quand le téléphone sonnera, réponds. C'est pour toi, lâcha-t-elle, sèchement polie.

Le stomatologue, gêné, fronça les sourcils.

Les femmes et les mouches, pensa-t-il, sont bien de la même espèce !

Ce n'était pas la première fois que le vol de cet insecte vrombissant et mou des fins d'après-midi d'été l'importunait. Quelques années plus tôt, une infirmière d'une vingtaine d'années, divorcée, avait voulu le convaincre de tout recommencer à zéro. Elle avait de longs cheveux bouclés, qui rappelaient des grappes de raisin, et un très léger accent des Açores, une impression d'écume éclatant à chacun de ses mots. Comment diable s'appelait-elle ? Tina ? Lina ? Elle voulait qu'il parte avec elle aux États-Unis.

Elle aussi avait téléphoné à la maison. En pleine nuit. De brefs claquements, sans un mot. Par intermittence.

– Tu veux de la soupe ou seulement de la salade ?

Augusto effaça très vite la silhouette insulaire.

– À quoi, la soupe ?

– De la soupe au chou[1].
– Va pour la soupe.

Cette fois-ci, l'affaire était plus grave. Il avait rencontré Grace dans son cabinet, où elle était venue pour la dévitalisation d'une incisive. Elle lui avait avoué qu'une de ses amies, à qui il avait posé une couronne, le lui avait conseillé – comme excellent professionnel et homme au charme irrésistible.

Elle s'appelait Graciete Sendeiro – Grace pour les amis. Veuve, depuis quatre ans, d'un marchand de fourrures, elle dirigeait avec sa sœur un institut de beauté, spécialisé en diététique.

Augusto aurait dû comprendre dès le début que cette superbe rousse qui, lors de leur premier rendez-vous, portait un petit chemisier coloré et transparent – papillon folâtrant dans les prés –, changerait vite de registre et, malgré ses réticences, s'agripperait à lui, à sa peau, à ses cheveux, à son visage, l'accablant de caresses, imposant sa présence bourdonnante.

Il aurait dû y réfléchir en la voyant sortir de chez elle, le soir où il l'emmena à São Carlos[2] écouter *Aida,* ses cheveux roux s'échappant comme des flammes du col de son manteau en martre. Elle avait abusé du maquillage et sa beauté, assez exubérante le premier jour, s'épanouissait en un « grand final » qui se déroulait avant même un quelconque commencement.

Mais, en vérité, il n'avait pensé à rien. Il se contenta de prendre sa petite main, ornée de fines

1. *Caldo verde* : soupe à base de chou émincé, de pommes de terre réduites en purée et de tranches de saucisson fumé.
2. Opéra de Lisbonne.

bagues en or blanc et d'ouvrir la portière de la voiture en murmurant :

– J'espère que vous aimez la musique.

Elle avait ri bruyamment. Qui ne l'aimait pas ? Sans elle, la vie serait triste. Elle appréciait tous les genres et tous les styles, depuis la musique classique – et son défunt mari l'emmenait très souvent au concert –, jusqu'à un strip-tease intense et long, au son du jazz.

À cet instant, il avait pris conscience que rien ne serait facile avec elle, mais pas une seconde il n'avait imaginé qu'un jour il voudrait rompre, désespérément, sans y parvenir. Le désirait-il vraiment ? Grace avait des jambes interminables, de vrais seins – pas en silicone, comme les dernières femmes qu'il avait rencontrées – et jouait à merveille le rôle du professeur passionné, l'aidant à répéter, jusqu'aux limites de l'épuisement, les innombrables déclinaisons du verbe aimer.

Ils se retrouvaient tous les samedis après-midi dans le studio sommairement meublé qu'Augusto possédait à Oeiras[1] depuis des années. Un grand lit, une chaîne stéréo de bonne qualité, une salle de bain avec *jacuzzi*, une profusion de miroirs et de plantes vertes qui finissaient toutes par mourir, personne, pas même la gardienne qui faisait le ménage une fois par semaine, ne se donnant la peine de les arroser. Là, dans la lumière dorée des stores vénitiens, leur entente était parfaite.

Le samedi matin, il jouait au tennis avec ses amis. Cerqueira, son condisciple de lycée, aujourd'hui responsable d'une agence bancaire, père de quatre en-

---

1. Banlieue de Lisbonne.

fants. Nunes, directeur adjoint de Fiat, qui venait de se faire faire des implants de cheveux. Antero, propriétaire d'une galerie d'art du Chiado[1].

Lorsque sa dernière heure viendrait, les samedis auraient été la meilleure part de son existence. Les samedis matin et les samedis après-midi. À part ça, la vie…

Pourquoi Dieu n'avait-il pas conféré à la femme la qualité de savoir se retirer en silence, à pas de velours, passé les grands moments ?

– Le docteur a changé le traitement d'Élise, dit Martine, pour rompre le silence. Il lui a prescrit un médicament plus fort. Elle dit qu'elle n'arrive pas à dormir la nuit…

Le stomatologue regarda vaguement par la fenêtre de la salle à manger.

– Tu as vu ce temps ? Puis, après une courte pause :
– Il ne fait aucun doute que l'homme, dont la capacité à abîmer, à dérégler, à distordre, est infinie, a tout détruit. Les saisons ne se succèdent plus avec la même régularité. Aujourd'hui, il fait chaud en plein hiver, bien plus que ne le souhaitent les vieillards pour réchauffer leurs vieux os. En été, il peut faire froid ou pleuvoir comme au printemps… Et la plupart du temps on cuit, avec des températures davantage dignes du désert que d'un pays soumis aux influences de l'Atlantique et de la Méditerranée…

– Le docteur a changé le traitement d'Élise, répéta Martine.

1. Quartier du centre de Lisbonne, à la fois intellectuel et commerçant, correspondant à peu près à l'actuelle rua Garrett.

– Les psychiatres sont tous fous, déclara-t-il, en posant sa serviette sur ses genoux. Et, changeant de sujet : – Des nouvelles d'Olivier ?

– Il va bien. Tu sais qu'on s'appelle tous les jours.

Il le savait, bien sûr. Son fils s'était toujours mieux entendu avec sa mère qu'avec lui. Complices dès l'instant où une sage-femme aux jambes torses et aux lunettes aux verres épais le lui avait collé sur le ventre, rouge encore et gluant, relié à elle par le cordon ombilical. Augusto se souvenait avoir assisté, intimidé et plutôt perplexe, à ce rituel qui lui avait paru plus satanique que divin. Il ne pouvait pas imaginer son despote de père dans une salle d'hôpital, à observer les contractions de sa femme, luttant à la vie à la mort pour le lancer, lui, dans ce monde. Mais les temps avaient changé.

– Il parle mariage, dit Martine.

– Qui donc ?

Elle ferma les yeux et soupira.

– Olivier, qui veux-tu que ce soit ? Je vais à Paris dans quinze jours. J'espère rencontrer la demoiselle.

Grace venait de surgir dans son esprit. Sans crier gare. Sans permission. Elle s'était approchée de la table et avait entamé un strip-tease. Chez lui, dans la salle à manger de sa maison. Lentement. Aussi lentement que la voix de Martine parcourait le labyrinthe long et monocorde de la description de la rencontre entre Olivier et celle qui semblait être le grand amour de sa vie.

Augusto attrapait au vol des bribes de mots, des vêtements légers. Des mouvements de lèvres et de bras, un bustier vert clair, *Dominique*, une jupe noire qui moulait ses hanches à la perfection, *téléphone*, une écharpe ornée de cornes d'abondance le long de jambes au goût de pêche qui, sans le savoir – *un petit appartement* – imitaient des gestes éternels.

– Monsieur prendra du café ? demanda la bonne qui avait fini de débarrasser.

Augusto fit un signe de tête, lui jetant un rapide coup d'œil.

– Cette créature a-t-elle toujours été aussi grosse, ou s'est-elle transformée en monstre depuis qu'elle travaille ici ?

Martine le regarda très sérieusement dans les yeux et se leva de table sans rien dire.

Cette nuit-là le stomatologue irait s'enfermer dans la bibliothèque et jouerait du Bach, défiant le temps. Il n'entendrait pas les craquements sinistres du bois. Il ne remarquerait pas la chute d'un volume relié du haut d'une étagère. Il ramènerait machinalement son gilet en laine contre son cou, pour se protéger d'un courant d'air venu de nulle part. Au bord d'une crise d'asthme, comme d'habitude, l'air un peu emprunté.

L'escalier en bois de l'immeuble de l'avenida Almirante Reis[1] était étroit et sombre.

Laura ne pouvait détourner les yeux des marches. Une odeur de moisi se mêlait aux relents de poisson frit. Du poisson bon marché. De l'huile rance. Des appartements parvenaient des voix stridentes de femmes, formant un chœur âpre et confus.

Rosinda l'accompagnait dans cette montée. Elle l'accompagnait partout depuis des années. Elles s'entendaient comme deux sœurs. Du moins, c'est ainsi qu'en fille unique elle s'imaginait que deux sœurs devaient s'entendre.

On aurait dit que la sage-femme, qui habitait le deuxième étage gauche, les guettait, car la porte s'ouvrit avant même qu'elles ne frappent.

– Entrez, entrez.

Elles attendirent quelques minutes dans une pièce dont la fenêtre donnait sur une cour lépreuse. Sur une commode en pin s'étalait une collection de miniatu-

1. Grande artère de Lisbonne.

res : des machines à coudre, un poêle, de minuscules fers à repasser, des seaux et des bassines, de tout petits lits, des chaises, des buffets… Des centaines d'objets divers, de toutes les couleurs, offrant une vision de la vie réduite à ses plus infimes dimensions.

Près de là, une table recouverte d'une nappe en dentelle rose, que Rosinda estima de piètre qualité, servait d'autel à Notre Dame de Fátima[1], entourée des trois petits bergers et escortée d'une légion d'anges et de saints. Au mur, sur une applique en bois, une bougie, dont la mèche se consumait lentement.

– Ce n'est pas la première fois, n'est-ce pas ? demanda la femme à Laura.

Laura hocha la tête, incapable de parler. C'était la deuxième fois. Elle était venue ici même trois ans plus tôt, faire disparaître le fruit de sa première erreur.

– Allons-y, dit la femme, en lui indiquant l'autre pièce.

Avant de prendre sa décision, elle avait parlé à Rodrigo, bien sûr. Elle désirait cet enfant plus que tout au monde. Même s'il ne pouvait pas lui donner son nom. Mais il avait affiché soudain un air très sérieux et sorti une photographie toute froissée de son portefeuille.

– Regarde bien, Laura, avait-il dit en lui tendant le portrait aux contours vaporeux d'une femme aux traits fins et aux mèches grises, les mains aux ongles soignés posées sur les épaules d'un petit garçon.

– Essaie de comprendre pourquoi je ne peux pas, ma chérie. Regarde-le bien.

---

1. En 1917, à Fátima, dans le centre du pays, Marie serait apparue, à plusieurs reprises, à trois enfants, « trois petits bergers ». L'endroit est devenu un haut lieu de dévotion mariale.

L'enfant avait le teint pâle, de petits yeux brillants. Impeccablement coiffé, il portait des culottes noires, des chaussettes hautes et des chaussures vernies.

– Tu crois qu'il pourrait me pardonner ? Et Clotilde, si elle venait à l'apprendre ? Il y a des engagements qu'on assume toute sa vie, mon amour. Il est totalement exclu qu'on ait un enfant. Réfléchis bien.

Il avait oublié de reprendre la photographie. Laura la gardait avec elle, dans son sac à main. Elle regardait plusieurs fois par jour cette femme floue aux traits d'une rare beauté, qui, étrangement, lui paraissaient de plus en plus familiers.

– Les hommes sont des porcs, dit Rosinda, de retour à la maison, en arrangeant un oreiller derrière le dos de Laura, qu'elle venait de mettre au lit.

Ce n'était pas la faute de Rodrigo. C'était un homme sérieux et elle lui était reconnaissante, surtout parce qu'il ne lui avait jamais menti. C'était la vie, certains avaient plus de chance que d'autres, et elle ne pouvait pas se plaindre de son sort.

– Bien sûr, marmonna Rosinda entre ses dents. Tous les mêmes. Exactement. Bons à fourrer dans un sac, une pierre attachée autour du cou et à jeter à la mer…

Laura sourit.

– Il ne resterait que des femmes.

– Et alors ? Quelle importance ?!

Cette semaine-là, Laura n'utilisa ni toile ni palette. Elle peignit sur des tableaux déjà existants. Des fleurs sur des fleurs, des tons tirés d'autres tons. Mais ses mauves avaient un aspect tombant, l'eau des nénuphars était croupie, les fonds formaient un amas confus.

– J'ai peur, murmura-t-elle, dans un aveu soudain. Je ne me sens pas en paix.

Rodrigo avait demandé à Rosinda de lui préparer une pomme cuite, qu'il mangerait plus tard. Rien d'autre. Son estomac était barbouillé.

– C'est normal, ma chérie, dit-il, ouvrant le journal. Qui ne serait pas inquiet, par les temps qui courent ? La dictature que les militaires du général Gomes da Costa[1] veulent imposer au Portugal en empêche plus d'un de dormir.

Laura s'assit à ses côtés, le regard fixé, à travers la fenêtre, sur le jardin.

– Mais il faut dépasser la peur de l'inconnu. Les républicains[2] n'avaient plus ni les qualités ni les hommes nécessaires pour remettre de l'ordre dans le pays. Voilà la vérité.

Était-ce une impression, ou les roses devenaient-elles de plus en plus pâles ?

– Il est très simple, au fond, l'objectif des militaires ! Mettre un terme aux grèves perpétuelles, aux attentats. En finir avec le vol, le désordre, le tumulte entretenu par les journaux. Instaurer la censure pour éradiquer une fois pour toutes la démagogie.

Étaient-elles blanches ou avaient-elles toujours eu ce ton perle, ces pétales chiffonnés, fins comme du papier ?

– Ensuite, ils veulent assainir les finances. Si tu doutes qu'ils puissent éviter les dépenses inutiles, je

---

1. Le 28 mai 1926, le général Gomes da Costa, à la tête d'un soulèvement militaire, prend le pouvoir et dissout le Parlement. Le nouveau gouvernement se donne le nom de « dictature militaire ».

2. La république avait été proclamée au Portugal le 5 octobre 1910.

suis d'accord avec toi. Les militaires, ça sert à rétablir l'ordre par la force, pas à gérer l'argent.

– Combien de temps va durer la dictature ? demanda Laura, grattant de l'ongle une petite tache sur la vitre de la fenêtre.

– Un an ou deux, je pense… Le temps que les travailleurs s'habituent à travailler plus et à protester moins[1].

Dans la cuisine, Rosinda éplucha avec délicatesse deux splendides pommes de Colares[2], que Laura avait fait acheter spécialement pour Rodrigo. Elle mit sur le feu une terrine contenant deux décilitres et demi d'eau, de la cassonade et une cuiller à thé de miel. Puis, en mémoire de Joaquim dos Passos et au nom de l'enfant qui n'avait pas vu le jour, elle cracha dedans plusieurs fois.

– Voici, dit-elle peu après, en entrant, les bras chargés d'un énorme plateau en argent, les pommes cuites de Monsieur.

---

1. En 1928, la dictature militaire appelle au gouvernement un professeur d'économie de l'université de Coimbra, le Dr António de Oliveira Salazar, qu'elle nomme ministre des Finances. Le régime salazariste durera jusqu'en 1974.

2. Ville à une trentaine de kilomètres au nord-ouest de Lisbonne, près de Sintra, réputée pour ses vignobles et ses vergers, notamment ses pommeraies.

– Ma mère n'a jamais appris à lire, dit Laura, tout en démêlant la grosse laine dentelée d'un traversin, assise face à Rosinda, dans le jardin. – Elle ne savait même pas écrire son nom. Mon parrain savait, lui. Il devait connaître les livres par cœur à force de les relire.

Rosinda ne parvenait pas à comprendre pourquoi on relirait un livre dont on connaissait déjà l'histoire et la fin.

– Quand j'avais onze ans, j'ai dévoré un livre énorme. Je l'ai adoré, mais je me rends compte à présent que je n'avais rien compris, à l'époque.

– Comment est-ce possible ? demanda la bonne, interrompant sa tâche.

– Je ne sais pas. Sentir et comprendre sont deux choses différentes. J'adorais mon parrain et je commence à peine à le comprendre vraiment.

Rosinda, attristée, haussa les épaules.

– Il n'est plus là, maintenant, il mange les pissenlits par la racine, au cimetière.

Et dans un accès de sensibilité : – Que Dieu lui accorde le repos éternel. Et à mes parents aussi.

– Je ne crois pas aux cimetières, Rosinda. Ni à la mort. Nous passons de l'autre côté du voile, c'est tout. Nous ne restons pas sous une pierre tombale.

– Seigneur Jésus ! s'exclama Rosinda en se signant. Ne dites pas des choses pareilles, Madame, le bon Dieu pourrait vous punir.

Laura pensait de plus en plus souvent à sa mère et à son parrain. Elle croyait reconnaître, chez les femmes du peuple qu'elle apercevait au loin dans la rue, la figure triste de Dolores Dias, petite et courbée, sa douceur timide, son mutisme, fruit d'innombrables souffrances, sa surdité.

Mère, priait-elle intérieurement, en traversant la rue, dis-moi que je ne me suis pas trompée, que je n'ai pas commis un péché. Elle hâtait machinalement le pas et, à chaque fois, se retrouvait devant une parfaite inconnue.

– Moi j'irai au ciel. Et comment, que j'irai, je n'ai jamais fait de mal à personne ! s'exclama Rosinda, en écartant davantage la laine. Un que je n'y verrai pas, c'est ce fils de p... de Joaquim dos Passos. Lui, il ira brûler au fin fond de l'enfer, pour l'éternité.

– L'enfer est ici, murmura Laura. L'enfer et le paradis. C'est une question de conscience.

Rosinda n'avait pas connu de paradis sur cette terre.

– Ici ? demanda-t-elle, levant les yeux au ciel. Ici, je ne vois ni anges ni démons. Si vous voulez mon avis, je crois que le dessin et la peinture vous mettent les idées à l'envers. Vous devriez plutôt confectionner un *pão-de-ló*[1] ou des biscuits, ça oui. Et le soir, un peu de dentelle, comme moi.

---

1. Gâteau traditionnel, semblable au biscuit de Savoie.

Peut-être, pensa Laura en souriant. Mais le sucre, les œufs et le fil de scie ne séduisaient ni ses doigts ni son esprit.

Elle quitta sa chaise pour aller s'asseoir sur le banc en forme de collier qui entourait le vieil acacia.

– Vous êtes fatiguée ? demanda la bonne.

Laura ne répondit pas.

La brise qui jouait dans les feuilles effleurait ses joues et elle imagina que l'énorme tronc s'ouvrait en deux, à la verticale, et l'avalait.

Elle ferme les yeux. Peu à peu elle ne sent plus son corps. Elle n'a plus de jambes. Plus de bras. Elle ne perçoit que ses longs cheveux. Dans chaque pore, une chaleur acide. Une chaleur douce. Une abeille exécute autour d'elle une danse incessante. La peur a disparu comme par enchantement. Elle entend son bourdonnement, une petite musique discrète que toutes ses cellules reconnaissent.

Rosinda n'interrompait jamais ces moments-là. Silencieuse et précise, elle continuait à disséquer l'intérieur des choses : matelas, traversins, oreillers en laine.

Je dors de moins en moins la nuit, écrivit Elisa dans son cahier. Les mêmes rêves m'assaillent en plein sommeil, chargés d'armes à feu et de grenades multicolores.

Je suis presque toujours prisonnière de cette maison. Bâillonnée. Parfois, je flotte au gré du vent, attachée à la cheminée par un bras qui, lors des nuits de tempête, s'allonge indéfiniment. D'autres fois, j'assiste, emmurée, à de vagues scènes de théâtre, les feux de la rampe se reflétant sur le parquet. Une femme déambule sur la scène. Elle parle longuement avec moi, mais, quand je me réveille, je ne me souviens pas de ce qu'elle a dit, je ne réussis pas à ramener à la lumière du jour une seule de ses paroles. Que peut-elle vouloir me dire ?

Cette nuit je me suis réveillée à deux heures et demie. Les derniers accords d'un *Concerto brandebourgeois* de Bach me parvenaient de la bibliothèque. Sur le sol de ma chambre, une flaque d'eau, comme s'il avait plu, m'a regardée fixement. Pendant une seconde, peut-être moins. Puis elle a disparu.

Après le déjeuner, je me suis retrouvée dans la bibliothèque. Je n'y étais pas entrée depuis des semaines, des mois. Ces derniers temps, je ne quitte presque plus ma chambre.

Le piano à queue était fermé. Une odeur douceâtre de tabac à pipe confirmait que mon père était venu là récemment. Un livre relié de Florbela Espanca, *Charneca em flor*[1], était par terre, au pied de l'étagère en acajou. Je l'ai pris, pour le lire quand j'en aurais envie.

Depuis quelques années, Elisa ne supportait plus la compagnie. Peu à peu elle avait écarté ses amis, l'un après l'autre, avec tact et délicatesse, comme lorsqu'on démêle des chaînes en or enchevêtrées, aux nœuds précieux et inextricables, oubliées depuis longtemps au fond d'un tiroir.

Elle aspirait au silence, au sommeil. À l'engourdissement, à la douceur maternelle des heures tièdes.

Elle descendait souvent dans la chambre de son frère, à présent inoccupée. La femme de ménage, qui s'y rendait de temps en temps pour passer l'aspirateur et nettoyer les carreaux, y trouvait toujours une soucoupe ou un verre rempli de mégots, traces de ses longues stations.

Elle avait si ardemment souhaité qu'il disparaisse ! Combien de fois, pour s'endormir, ne s'était-elle pas laissée aller à imaginer ses obsèques – une procession funèbre, traversant solennellement les allées de l'immense cimetière de Prazeres[2]. Un matin suffocant et dense, ultime décor de sa dernière demeure.

---

1. Titre d'un des plus célèbres recueils de poèmes de Florbela Espanca, paru en 1931.

2. Cimetière « des Plaisirs », principal cimetière de Lisbonne, à l'ouest de la ville.

En guise de pleureuses, outre sa mère, versant ici toutes les larmes de son corps, seul le chœur lancinant des cigales.

Aujourd'hui, loin d'être un réconfort, l'absence de son frère était une source d'angoisse qui la privait peu à peu de toute quiétude, semblable à celle qu'elle avait ressentie en constatant que ses sous-vêtements disparaissaient de son tiroir.

Olivier avait réussi à s'enfuir de la maison.

Pourrait-elle un jour faire le grand saut, elle aussi ? Abandonner ce lieu à la fois protecteur et asphyxiant, son plus sûr refuge, malgré tout ?

Olivier avait soudain informé sa famille qu'il venait de prendre une décision importante. Alors que chacun s'attendait à des vacances en Inde, ou à une carte Inter-rail pour découvrir l'Europe avec des amis, il avait déclaré qu'il partait pour la France, sa patrie d'origine, car du Portugal, ce pays sans logique ni talent, il n'avait rien à attendre.

Elle s'était efforcée d'admirer son courage et sa détermination. Sa mère lui avait apporté un soutien inconditionnel. Son père, lui, s'était réfugié dans le mutisme. Le journal ouvert sur la table, son stylo Montblanc à la main, il n'avait pas interrompu ses mots croisés.

Elisa avait ensuite constaté qu'il s'était trompé partout. Pour « adverbe », en cinq lettres, vertical, il avait écrit « telle » au lieu de « comme ». Pour « étendue d'eau », horizontal, il avait écrit « mère » au lieu de « mare ».

– Le déjeuner est prêt, Élise, dit Martine. Nous sommes *diminche*, tu sais.

Elle savait, bien sûr.

Sa mère écoutait la messe à la télévision, très fort. Elle n'était pas croyante, ne mettait pas les pieds à l'église, mais ne ratait jamais la messe du dimanche, diffusée par la première chaîne.

– J'aimerais bien savoir pourquoi tu écoutes ça, maman, puisque tu ne crois pas en Dieu ?

– *C'est la petite**, répondit-elle, en montrant Ritinha. Elle veut regarder la *misse*, la pauvre.

C'était vrai. Pendant tout le temps de l'office divin, la fillette restait assise, toute droite, sur le bord de sa chaise.

Elle priait.

Était-ce l'écho de la voix du prêtre en stéréophonie ou l'effet de ses petites mains serrées contre son cœur qui répandaient dans la maison comme un parfum d'encens ?

– Et avant, tu ne regardais pas ? insista Elisa.

– Oh, s'il te plaît, Élise, *tu ne comprends rien. J'aime les mots, c'est tout**.

Les mots.

Elle n'entendait que ça, des mots, à l'extérieur et à l'intérieur d'elle-même, tandis que son père lisait et relisait *Expresso*[1], indifférent aux allées et venues incessantes de sa femme, en proie à une agitation perpétuelle. La télévision débitait de la publicité et des débats auxquels participaient toujours les mêmes personnes, qui semblaient avoir beaucoup à dire et qui toutes répétaient peu ou prou la même chose.

– Ta grand-mère Blandine voudrait que tu ailles passer tes vacances chez elle, lui dit sa mère en s'asseyant. Elle ne t'a pas vue depuis cinq ans.

1. Journal hebdomadaire paraissant le week-end.

– Je sais, maman.

Ce n'était pas la première fois que sa grand-mère insistait pour qu'elle aille à Paris. Par deux fois déjà, Elisa avait fixé la date du voyage. Mais au fur et à mesure que le jour du départ approchait, une hésitation qui se transformait en un refus absolu, étayé par un flot d'arguments tous plus irréfutables les uns que les autres, envahissait son cerveau engourdi par les médicaments.

Elle ne quittait alors plus son lit pendant plusieurs jours, se remettant lentement de ses désirs avortés. La bonne lui apportait ses repas sur un plateau, qu'elle récupérait des heures plus tard pratiquement intacts sur la malle qui lui servait de table de chevet, en même temps que les verres d'eau remplis de mégots, semblables à de petites mares étroites et profondes.

– Un jour tu finiras par mettre le feu à la maison. Tu commets un crime envers ta santé en fumant de la sorte, et c'est *dingeureux* pour toute la famille.

– La prochaine fois je partirai vraiment.

Sa mère ne répondit pas.

– Oui, Mademoiselle, allez-y, conseilla l'employée de maison. Toujours fourrée dans votre chambre, toujours fourrée dans votre chambre... Vous verrez qu'un voyage vous guérira de toutes vos maladies.

Blandine Guignard habitait un petit appartement du Quartier latin, qu'elle partageait avec quatre chats persans – les Chevaliers – qui avaient appris à utiliser les toilettes et à boire au mince filet d'eau qu'elle laissait couler en permanence d'un robinet doré en forme d'étoile. C'est pourquoi elle n'allait pas au Portugal.

Comment aurait-elle pu abandonner les quatre félins à leur triste sort ?

Dans un premier temps, Olivier s'était installé chez elle. Bien que source de satisfaction, sa présence avait quelque peu perturbé ses habitudes de femme seule, vouée aux livres et au tricot.

La littérature avait été sa grande passion. Combien de dimanches après-midi passés sur un banc du jardin du Luxembourg, à profiter des faibles rayons du soleil, toute notion du temps abolie, en compagnie des livres qui à présent reposaient dans la grande bibliothèque en acajou du salon ! Elle avait dévoré certains d'entre eux dans le métro, au cours des brefs trajets qui la conduisaient de chez ses parents à l'école primaire où, pendant huit ans, elle avait enseigné. D'autres, aujourd'hui oubliés dans les rayons, lui avaient ouvert des horizons insoupçonnés.

Son défunt mari, Jean-Claude, lui avait souvent raconté que c'étaient ses doigts aux ongles courts, posés au bord des pages tels des pigeons voyageurs, qui avaient guidé ses yeux jusqu'à son sourire en forme de croissant de lune, en cet après-midi d'hiver où les nuages semblaient escorter le train Orléans-Paris.

Ce jour-là, Blandine était allée rendre visite à sa cousine tout juste accouchée. Peut-être était-ce pour cette raison que son aura était si resplendissante, que tout son être irradiait la paix.

– Faites, je vous en prie.

Elle lui donna la permission de fermer la fenêtre, dont la mince ouverture, presque invisible, laissait pénétrer l'air encore glacial de mars.

– Je vois que vous aimez lire...

Des propos anodins, de ceux que l'on échange sans trop y penser. On ne risquait pas grand-chose dans un compartiment de train.

Après quelques secondes d'hésitation, elle avait examiné l'individu en face d'elle et poussé un soupir.

– Oui. Je préfère les personnages de fiction à ceux que je fréquente. Je me sens plus à l'aise avec eux, plus proche de ce qu'ils pensent, de ce qu'ils ressentent.

Jean-Claude Guignard était juge et revenait d'un procès où il avait condamné à vingt-cinq ans de prison un individu trapu et chauve qui avait tué père et mère à coups de couteau, pour hériter de la maison et pouvoir enfin vivre sa vie.

– Donnez-moi votre numéro de téléphone, lui dit-il, cinq minutes avant l'entrée en gare.

Elle ouvrit lentement son sac à main, en retira un stylo et griffonna quelques chiffres sur la dernière page du livre.

– Lisez-le d'abord, dit-elle, faisant preuve du même aplomb que le juge. Puis appelez-moi. Après dix-huit heures.

Leur mariage avait duré toute leur vie – toute la vie de Jean-Claude, du moins. À présent qu'elle avait dû renoncer à la lecture, parce qu'elle voyait de plus en plus mal, elle tricotait, du matin au soir, se ménageant de petites pauses pendant lesquelles, pour se délasser les mains, elle caressait les poils longs et chauds de ses chats.

Les Chevaliers, silhouettes silencieuses et furtives, lui frôlaient légèrement les épaules ou la poitrine. Leurs yeux, ouverts dans la nuit, débordaient de lumière.

Ce jour-là, Elisa ouvrit au hasard le livre qu'elle avait emporté dans sa chambre et lut à haute voix, pour elle seule :

Ton amour a fait de moi un lac triste :
Combien de ses vagues rieuses as-tu ignorées,
Combien de chansons d'ondines gisent au fond de lui[1] *!*

Elle le lut plusieurs fois. Ensuite, elle s'endormit paisiblement jusqu'à l'heure du dîner.

1. Troisième strophe du sonnet « Espera » (« Attente ») de Florbela Espanca, in *Charneca em flor*.

Il pleuvait sans discontinuer depuis deux semaines, une pluie fine et persistante, qui s'infiltrait par les fenêtres et inondait les parterres du jardin. Le grand acacia résistait, indifférent, s'offrant à la tempête lorsque les rafales de vent s'engouffraient à travers les barreaux du portail.

Laura avait retardé le moment de faire ses courses dans la Baixa[1]. Elle devait y acheter une longueur supplémentaire du tweed bleu que Rodrigo lui avait donné. Elle attendrait un après-midi plus clément.

Ses promenades à pied aux alentours de la maison étaient courtes et solitaires. Elle descendait parfois la rue, passait devant l'ambassade d'Angleterre et poussait jusqu'à l'entrée du jardin de Santos, pour sentir l'air frais sur son visage. Elle espérait que quelqu'un remarquerait ses toilettes impeccables et sa façon de marcher, apprise dans *Voga* – poser d'abord le bout du pied puis le talon, délicatement. Mais il était rare que ses voisins la saluent. Un imperceptible si-

1. La Baixa est la ville basse de Lisbonne, reconstruite sur ordre du marquis de Pombal, Premier ministre, après le tremblement de terre de 1755, selon un plan géométrique, regroupant commerces, banques et bureaux.

gne de tête de la dame obèse à la canne en argent d'en face, et c'était à peu près tout.

Des regards, ça oui. Des regards qui fuyaient dès qu'elle essayait d'établir un contact.

Peut-être, si Rodrigo avait fait construire la maison dans les quartiers de Mouraria, de Madragoa ou encore de Graça[1], les choses auraient-elles été différentes...

Mais voilà qu'elle faisait preuve d'ingratitude, une fois de plus. Quand finirait-elle par apprendre ?

Rosinda nettoyait bruyamment les placards de la cuisine. Ces derniers temps, Rodrigo venait moins souvent – une ou deux fois par semaine. Attentionné, poli, mais se contentant de rester au salon. Il prenait un whisky, demandait éventuellement à la bonne de lui préparer une de ses délicieuses pommes cuites, mais évitait tout contact avec les draps et avec son corps à elle, qui commençait à se dessécher, malgré la pluie qui submergeait la ville.

Si sa mère avait été vivante, se disait Laura, elle aurait pu habiter chez elle. En ce bas monde, Dolores Dias avait toujours su se rendre invisible. Elle ne se serait pas imposée lors des visites de Rodrigo. Personne ne l'aurait remarquée. Et le matin, elles se seraient promenées ensemble dans Lisbonne. Elle aurait aimé lui montrer tant de choses : la *Feira da Luz*[2], où Rodrigo l'avait amenée au tout début, le *Miradouro de Santa Luzia*[3], la cathédrale...

---

1. Quartiers populaires de Lisbonne, alors que Lapa, où habite Laura, est un quartier chic.

2. Grande foire annuelle, qui se tient depuis le XVIe siècle au mois de septembre, à Carnide, quartier à l'extrême nord de Lisbonne.

3. Les *Miradouros* sont à Lisbonne de très beaux points de vue, situés sur les collines de la ville. Celui de Santa Luzia offre une vue splendide sur le Tage.

Mais la paysanne n'avait pas survécu longtemps au vieux prêtre. Son visage avait peu à peu perdu ses couleurs et pris un teint de papier mâché. Elle avait maigri. Elle passait ses nuits à gémir et, les mains posées sur son ventre, tenait péniblement sur ses jambes. On l'avait retrouvée morte sur le sol de sa chambre, une semaine avant Noël, une gravure de saint Antoine à l'Enfant Jésus serrée contre son cœur.

Laura n'avait séjourné au village que quelques jours – qui lui avaient paru des années – et n'avait pas été surprise de constater qu'il ne lui manquait pas.

Elle avait transplanté ses souvenirs dans la maison qu'elle habitait depuis cinq ans, comme on dépote une plante, en conservant la terre autour des racines. Avec le plus grand soin. Presque avec dévotion. C'était son monde. Son passé. Son présent. Quant au futur, elle préférait ne pas y songer, car celui-ci – elle l'avait toujours entendu dire – n'appartenait qu'à Dieu.

– Clotilde est malade. Les médecins ne savent pas ce qu'elle a. Elle souffre des jambes. Elle me demande d'être là plus souvent. De ne pas la laisser seule trop longtemps, lui expliqua Rodrigo un après-midi qu'ils prenaient le thé sur la petite table ronde du salon.

Il tendit la main et lui caressa les cheveux.

– Je sens que je dois lui tenir compagnie.

Laura baissa les yeux. Bien entendu, la mère de l'enfant essayait de reconquérir son mari... Un voile de tristesse morne l'enveloppa insidieusement. Les hommes ne comprenaient pas certains signes. Elle, si : même souffrante, la dame aux mèches grises et aux longs doigts avait changé de parfum...

*

La pluie avait enfin cessé. Un soleil timide lui avait succédé, accompagné d'une brise légère. Dans l'air matinal et froid s'élevaient les voix enfantines des crieurs de journaux aux pieds nus – *O Mundo*, *O Mundo*, le *Diário de Notícias*[1].

Il était temps de proposer à Rosinda de l'escorter. Elles prendraient le tramway vers trois heures et feraient du lèche-vitrine avant de se rendre chez le marchand de tissus. Ensuite, elles iraient goûter. Laura avait envie de découvrir ce fameux endroit dont Rodrigo parlait tant dans ses longs monologues sur Lisbonne.

Laura portait un tailleur vert foncé au col en fourrure et un chapeau cloche plutôt discret.

Il lui semblait que les femmes de Lisbonne avaient toutes un regard vaguement méprisant et, dans le centre, elle se sentait plus à l'aise. Là, personne ne la connaissait. Seuls les hommes, tels des corbeaux avides d'explorer d'autres parages, posaient sur elle la pointe acérée de leurs regards – oiseaux perdus et sans nid.

Elles parlèrent de la pluie et du beau temps avec M. Madeira, de la boutique de tissus, qui offrit à Laura plusieurs échantillons, puis remontèrent le Chiado à pied, sans se hâter, s'arrêtant devant les magasins de chaussures et les librairies, tandis que Rosinda examinait, dans son paquet vert clair, le fil qu'elle s'était procuré dans une mercerie de la rua da Prata[2].

– C'est ici, fit Laura lorsqu'elles arrivèrent devant Benard[3].

---

1. Deux journaux quotidiens. Le *Diário de Notícias* paraît toujours.

2. « Rue de l'argent », une des rues de la Baixa.

3. Célèbre salon de thé du Chiado, rua Garrett, qui existe encore de nos jours.

Au moment où un garçon prévenant leur indiquait une table, son cœur se mit à battre la chamade – et ce fut comme si sa vie ne tenait plus qu'à un fil. Un de ces fils de soie que Rosinda venait d'acheter. À la table voisine, tout près de la leur, était assise Clotilde, la femme dont elle conservait la photographie au fond de son sac à main, dans un portefeuille, et qu'elle contemplait presque tous les jours.

Elle n'avait pas l'air malade. Au contraire. Ses cheveux courts et ondulés encadraient harmonieusement son visage légèrement maquillé et Laura remarqua que ses dents, petites et blanches, invisibles sur le portrait, rivalisaient d'éclat avec les perles du long collier qu'elle portait au cou.

Qui pouvait bien être la dame qui l'accompagnait ?

Elle n'eut pas besoin d'avertir Rosinda, qui avait reconnu Clotilde.

Elle s'assit, tremblante, les yeux rivés sur les longues mains de cette femme de plus de quarante ans, qui, imperturbables, tenaient une théière. En un geste si doux, si délicat...

Pendant un instant sa vue se troubla, démultipliant le bras de Clotilde en une centaine de bras miniatures qui lui rappelèrent la maison de la sage-femme et son escalier à l'odeur de poisson frit.

– Qu'avez-vous ? Vous vous sentez mal ? demanda Rosinda.

Elle n'avait rien. C'était déjà passé.

Elles avaient échangé leurs places. Laura tournait maintenant le dos à la femme avec qui elle partageait son bien le plus précieux. Elle entendait sa voix. Elle devinait ses silences.

– C'est ce qu'on dit, ma chérie. C'est ce qu'on dit.

Elles parlaient d'une revue du théâtre Maria Vitória[1] qui connaissait un grand succès.

– Et ton mari, qu'en pense-t-il ? disait l'autre dame, une créature excessivement maigre, à la voix vulgaire, une cigarette à la main.

– Vasco ? Il adore, bien sûr. Tu connais son goût pour le théâtre. Il m'a promis de m'y emmener, un de ces soirs.

Vasco ? pensa Laura, interloquée. Avait-elle bien entendu ?

Rosinda se régalait d'un *pastel de nata*[2], tout en observant le regard concupiscent des hommes sur les cheveux bruns de Laura, que son petit chapeau ne cachait guère, regards qu'elle était capable de détecter à distance aussi facilement qu'elle reconnaissait le caquètement des poules dans une basse-cour.

– Et ton frère Rodrigo ? continua la voix âpre et tendue. Il ne songe pas à se marier ?

Clotilde eut un bref éclat de rire.

– Se marier ? Rodrigo ? Pose-lui la question et tu verras.

Paralysée, incapable de détacher les yeux du plafond en stuc, Laura retenait son souffle.

Son frère ?

– Non, ma chérie, continua Clotilde, remettant en place sa mèche grise. S'il y a un homme qui n'est pas fait pour le mariage, c'est bien Rodrigo. Il a ses petits arrangements, cela va de soi. Mais il adore vivre chez

1. La revue « à la portugaise », mélange de satire politique et sociale et de numéros musicaux, est un genre qui a connu une grande vogue au Portugal. Le théâtre Maria Vitória continue aujourd'hui à présenter ce type de spectacles.

2. Petit gâteau rond, à base de pâte feuilletée et de crème aux œufs.

ses parents ! Il peut ainsi s'occuper des affaires de son père, savourer les desserts de sa maman, se faire dorloter comme un bébé... Ce qui ne l'empêche pas d'être libre, de voir ses amis, d'avoir ses soirées...

Elle s'exprimait sur le ton de la certitude absolue. Pas la moindre hésitation dans sa voix.

– Et il ne veut pas d'enfants ? reprit l'autre, entre deux bouffées de cigarette.

– Je ne crois pas, non. Il aime Guilherme comme son propre fils. Vasco en est jaloux, tu te rends compte ? Le petit est fou de son oncle, à un point que tu n'imagines pas !

Deux hommes se querellaient près du comptoir. Malgré ses efforts pour vaincre le brouhaha, Laura avait de plus en plus de mal à suivre la conversation des deux femmes. Un enfant sale aux yeux chassieux s'approcha d'elle pour lui vendre un billet de loterie.

– Ne construisait-il pas une maison à Lapa ?

– Si, si, elle est terminée. Très jolie, paraît-il. Tu sais que je ne me mêle guère des affaires de mon frère. D'après moi, il s'agit plutôt d'un refuge pour après, quand nos parents auront disparu. Ou d'une garçonnière, qui sait ?

Laura avait la bouche sèche. Son cœur était brisé. Rodrigo n'était pas marié. Depuis le début, il lui avait menti. Une pensée, longtemps refoulée, affleura : il n'avait jamais *vraiment* regardé ses dessins de mauves...

– Ah, Madame, murmura Rosinda, qui n'avait pas tout entendu, mais avait remarqué le papillonnement bizarre des yeux de son amie. Les hommes sont des porcs. Nous partons ?

– Oui, nous partons, répondit Laura, en refermant n'importe comment les boutons de sa veste.

Les petits yeux enfoncés de Blandine Guignard brillaient de plaisir. Sa petite-fille avait enfin franchi le pas. Elle avait quitté la maison où elle se cloîtrait depuis si longtemps et avait pris un avion. Son Elisa était là, en chair et en os. Et comme elle avait changé !

Il avait fallu déloger les chats de la chambre d'amis. Les Chevaliers dormaient à présent sur un grand lit rond, que l'on avait installé dans la véranda de la salle à manger et sur lequel on avait déposé des couvertures écossaises en pure laine vierge et de nombreux jouets en caoutchouc, en forme d'oiseaux ou de poissons.

– Demain matin nous irons à Montmartre, lui avait-elle dit, enthousiaste. Je n'ai pas vu ma sœur depuis plus d'un an et je voudrais qu'elle fasse ta connaissance.

Puis elles s'étaient assises au salon, où une lumière laiteuse, répondant à l'invitation de la fenêtre aux vitres bombées, caressait les sofas fleuris, la vieille bibliothèque, les murs décorés de reproductions de Chagall et de Monet.

Bien des années auparavant, elle avait demandé à sa grand-mère qui était cette dame qui semblait voleter dans le tableau, affranchie de toute contrainte, mais qui, en même temps, avait choisi de ne pas s'envoler.

– Et les garçons, *ma chérie**, où en es-tu avec les garçons ? s'était inquiétée la vieille dame, comme le font toutes les grands-mères.

Elisa avait posé sa tête contre l'épaule accueillante de Blandine et s'était longuement confiée. Les hommes étaient terriblement médiocres. Elle lui avait raconté comment, dans ses cauchemars, ils lui apparaissaient sous la forme de nains grotesques, essayant de la prendre de force. Ou d'êtres à trois bras, deux têtes, aux doigts palmés....

– Je n'ai jamais pu aimer après João Diogo. Rien, ni personne.

Blandine avait plongé sa main fine et blanche, parsemée de petites taches couleur café, dans les longs cheveux de « son enfant ».

– Et tes études, ma chérie, pourquoi ne les as-tu pas terminées ? Le travail, c'est bien plus important que les hommes, tu sais ?

Le travail, les études, pour ça aussi il fallait de l'amour, non ?

Blandine avait posé une boîte de biscuits maison sur la table basse et s'était dirigée vers la machine à café.

– Tu en veux ?

Elles avaient ensuite parlé de son frère, qui ne lui avait pas rendu visite depuis un temps infini. Olivier était venu vivre à Paris, dans l'espoir d'obtenir un poste de professeur de lettres. Il avait habité chez elle quelque temps et ses appels prolongés vers une ligne de téléphone rose avaient failli la ruiner.

C'est ainsi qu'il avait fait la connaissance de Dominique, comédienne de seconde zone au chômage, surveillante à mi-temps dans un lycée privé et hôtesse pour une ligne érotique la nuit.

Elisa était au courant, bien qu'elle continuât à se demander si tout cela était vrai. Son frère avait-il définitivement perdu la raison ?

– Ils se sont appelés pendant des semaines. Il a eu le culot de me dire qu'il perfectionnait son français, comme s'il en avait besoin. Il le parle aussi bien que toi.

Elisa sourit.

Ils avaient fini par se rencontrer. Dominique avait d'abord été attirée par Olivier parce qu'il était portugais. Elle avait eu un fiancé de cette nationalité, fils d'immigrés, avec qui elle avait failli se marier. Elle comprenait un peu la langue et connaissait quelques mots. Olivier avait une autre particularité : en réponse à ses phrases obscènes, il récitait du Fernando Pessoa. Elle faisait son strip-tease oral, décrivait par le menu les gestes, les postures, les attouchements. Il restait silencieux, parfois. D'autres fois, il récitait. Quand la jeune femme, inquiète, hésitait, ne sachant si elle devait poursuivre ou non, il lui disait tout bas :

– À chacun ses poèmes, mon ange du Mal. Et il mêlait à Pessoa d'étranges termes décadents, qui, de l'autre côté de la ligne, la faisaient soudain rougir.

Qui donc te murmura ce secret à l'oreille
Entendu seulement par de rares déesses –
Cet amour-là empli de foi, empli d'effroi,
Et qui n'est vrai que délivré sous le secret ?....
Qui te l'a révélé si tôt[1] *?...*

1. Première strophe du poème « Intervalle » de Fernando Pessoa.

– C'est grâce à elle qu'il a décroché son poste, continua Blandine, en baissant la voix, au cas où un voisin à l'ouïe prodigieuse ait pu comprendre son mauvais portugais au fort accent et écouter leur conversation. Elle a su que le lycée recrutait un professeur de lettres et en a parlé au directeur.

– Maman la connaît déjà ? demanda Elisa.

– Bien sûr. En échange de son aide, ta mère lui a trouvé du travail, en tant qu'assistante de Noëlle dans sa galerie. Il paraît qu'elle se débrouille bien. C'était aussi pour que la demoiselle renonce au téléphone, ajouta-t-elle.

– Noëlle, c'est le nom de l'amie de maman ?

Sa grand-mère baissa les yeux :

– Exactement. Noëlle Michon.

Augusto coupa son portable sans répondre. C'était le quinzième coup de fil de Grace. Son cabinet débordait de patients, il pratiquait une dévitalisation, devait ensuite poser deux couronnes et cette femme osait lui demander, entre deux éclats de rire, de deviner ce qu'elle était en train de faire.

Inutile de lui expliquer qu'il ne pouvait pas lui parler pendant le travail. Grace sautait par-dessus les obstacles tel un cheval fougueux. D'ailleurs, cet aspect-là de sa personnalité l'avait au début fasciné. Il représentait aujourd'hui son plus grand motif d'angoisse. La veuve cherchait à s'affranchir des limites du samedi. Elle ne savait pas mettre fin à une conversation ni s'arrêter de bouger. Elle le conduisait, à travers des labyrinthes vertigineux, dans des dimensions où, jusqu'à présent, il n'avait pas osé s'aventurer. Elle le forçait à passer à la vitesse supérieure, à dépasser ses limites et à bondir d'abîme en abîme, sans pause ni filet.

Les crises d'asthme de son enfance avaient repris. À nouveau, une petite bombe à oxygène, dont il se servait à la moindre alerte, l'accompagnait partout. Il s'emportait aussi chaque jour davantage contre sa jeune assistante en blouse blanche qui, à petits pas véloces, devançait le moindre de ses besoins.

– Eh bien, que pensez-vous de cet âne qui nous sert de Premier ministre ? demandait-il à son patient qui, la bouche ouverte et du coton placé entre la gencive et la lèvre supérieure, ne pouvait évidemment pas lui répondre. On a tiré le gros lot !

Il ne connaissait pas l'individu assis devant lui. Il savait seulement qu'il portait un manteau Hugo Boss et que sa bouche était en piteux état : deux canines fortement cariées et cette incisive pour laquelle il n'y avait plus rien à faire, sinon extirper le nerf, en allant le chercher le plus profondément possible, comme on arracherait une âme du Purgatoire.

Ici, il était seul maître à bord. Tandis qu'il soignait caries et canaux, il pouvait exposer ses idées sans aucune restriction et se permettre même de railler ceux qui auraient osé émettre une objection.

« Écoute et tais-toi », se disait-il, avec un plaisir pervers, en contemplant son père – à jamais réduit au silence – dont la photographie en pied, dans un cadre d'argent, ornait son bureau.

À la fin de chaque consultation, tout en remplissant, très lentement, le formulaire destiné à la sécurité sociale, il aimait observer le visage du patient qui l'avait écouté avec tant de servilité. Imaginer une rébellion, la régurgitation d'une pensée. Mais il était rare que l'on conteste ses affirmations.

Il se souvenait d'une vieille dame, petite et boiteuse, à qui il avait infligé, pendant qu'il lui soignait une molaire infectée, un interminable sermon sur le ministre de la Culture et la gabegie du ministère, qui lui avait demandé tout bas, en s'appuyant sur son bras, avec ce regard vitreux et légèrement halluciné des aveugles et des voyants :

– Docteur, qui donc est cette femme qui erre dans votre maison ?

*

Son assistante entra, apeurée. Il y avait une dame au téléphone. Grace. Elle disait que c'était urgent.

Augusto fit un signe de tête et prit la communication. Il lui demanda de ne plus appeler.

– Je viens de parler à ta femme, dit la voix à l'autre bout du fil. Nous avons eu une longue conversation.

Augusto jouait distraitement avec une radiographie. C'était impossible. À cette heure-ci, Martine était chez Varig. Grace bluffait, il en était certain. Mais quel mauvais goût !

Il raccrocha et sa respiration devint sifflante. Comment l'air pouvait-il ainsi se refuser, transformant le court instant de l'inspiration en une question de vie ou de mort ?

Il se leva et avertit sa secrétaire. Il rentrait. Qu'elle l'excuse auprès des patients qui attendaient et qu'elle prenne de nouveaux rendez-vous. Il ne se sentait pas bien.

– Je glisse dans un monde aux couleurs superposées. Dans une toile sans cesse recommencée, au motif sans fin.

Je descends les degrés de la culpabilité – sous-sol sordide – et ceux de la révolte. Qui viendra me rejoindre en ce lieu ? Qui me pleurera ?

Les vers de Florbela m'accompagnent sur le chemin. Ils ont des bras et des jambes. Ils dansent. Ils veillent.

Je ne sais qui tu es. Je ne te vois plus très bien...
Et je m'entends dire (ah, si souvent !...)
Je rêve qu'un autre rêve m'a détruite ?
De quel amour le fantôme ? L'ombre de qui[1] ?

Une voix très lointaine me rappelle que j'ai été « une petite fille intelligente ». Sa silhouette courbée pénètre dans le jardin, qui s'éveille en douceur.

1. Première strophe du sonnet « Quem » (« Qui ») de Florbela Espanca, in *Livro do nosso amor.*

Les mots de Rodrigo ont des ailes minuscules et sombres. Essaim de fourmis ailées qui s'empare de moi et m'entraîne avec lui.

L'amour ?

J'emporte avec moi son commencement et sa fin.

Il n'habitera plus jamais cette maison.

Un profond malaise s'était installé dans la vie d'Augusto.

À l'air qu'il respirait, se mêlaient à présent le chagrin et la solitude. Elle était loin l'époque où il pratiquait l'aviron sur le Tage, à l'université, et montait à cheval dans la propriété familiale où il passait tous ses week-ends, avec ses parents, ses grands-parents et le vieil oncle Rodrigo, avec qui il avait appris la chasse à la perdrix.

Augusto s'était souvent demandé pourquoi il ne s'était pas marié. C'était un homme cultivé, sympathique, bien fait de sa personne. On racontait qu'il avait aimé passionnément une femme, qui vivait dans sa maison de Lapa, et qu'un jour elle s'était tuée, sans raison apparente et sans même laisser un mot d'adieu.

Après ces événements, Rodrigo avait déménagé là-bas et y avait vécu jusqu'à sa mort, en compagnie de la vieille bonne, qui avait pris soin de lui jusqu'à la fin. Elle était réputée dans la famille pour ses dentelles et ses broderies, qu'elle offrait à tout le monde à Noël et aux anniversaires, sans accepter le moindre sou en échange – et aussi pour ses pâtisseries dont elle régalait les visiteurs.

À la mort de son oncle, la maison avait été fermée pendant des années. Guilherme, le père d'Augusto, n'avait pas entrepris de travaux. Pourquoi l'aurait-il fait ?

Quand Martine et lui avaient décidé d'y fonder leur foyer, ils avaient découvert au grenier de vieux meubles et quelques toiles moisies, sans aucun style, représentant des mauves de différentes tailles et couleurs.

C'est à cela – et à bien d'autres choses – qu'il pensait ce samedi matin quand, troublé et haletant, semblable à un poisson sur un étal de marché, les ouïes desséchées et les yeux exorbités, il avait dû mettre un terme à son match de tennis.

– Ton système nerveux te joue des tours, lui dit Nunes. Regarde ce qui est arrivé au frère de Gouveia.

Nunes avait raison. Il devait faire attention. Reinaldo Gouveia, notaire de quarante et quelques années, marié et père de deux enfants, s'était mis, du jour au lendemain, à voir des cafards partout et à tuer sur les murs des insectes inexistants, qu'il apercevait en train de ramper dans sa direction. Le médecin lui avait prescrit un traitement, mais tous les remèdes qu'il prenait semblaient ajouter à son tourment.

– Anophèle ! s'écriait-il, en agitant les mains devant son visage. Anophèle immonde !

Il dépérissait à vue d'œil. Le jour où une ambulance l'avait transporté, dans une camisole de force, à l'hôpital Júlio de Matos[1], devant sa femme en pleurs et en l'absence de ses enfants, que l'on avait conduits chez leurs grands-parents pour leur épargner le spectacle d'un rapt effectué au nom de la raison, Gouveia était allé jouer au tennis comme d'habitude.

---

1. Hôpital psychiatrique, à Lisbonne.

Il avait renvoyé les balles avec une adresse redoublée, concentré sur la petite boule ronde qui lui blessait le cœur comme un éclat de miroir.

– Ce n'est pas grave, tu verras, dans un mois ou deux il rentrera à la maison, avait dit Augusto à son ami, pour le consoler. Ce sont des choses qui arrivent. La vie n'est pas simple et tout le monde est terriblement stressé !

Apparemment, son tour était venu. Il perdait l'équilibre, ses gestes devenaient maladroits et il mélangeait les noms. Cette semaine, il avait appelé deux fois sa femme Grace. L'idée de la veuve l'assaillait dès que le téléphone sonnait ou que la porte du cabinet s'ouvrait brusquement. Chaque jour, il demandait à Dieu de la chasser de son chemin, par pitié, et au diable qu'elle ne soit pas en retard, même d'une minute.

Martine avait esquissé un infime sourire.

– Grace ? *Oh, mais c'est mignon, ça* !*

Le rythme cardiaque du stomatologue s'était accéléré, quelques gouttes de sueur froide avaient glissé le long de son front et de son cou. La vie se compliquait !

Il avait perdu ce samedi-là au tennis, les contractuelles lui avaient collé une contravention parce qu'il avait dépassé de quinze minutes la valeur de son ticket et il avait été pris en flagrant délit de lapsus sur les noms, comme un gosse manquant d'entraînement. Que pouvait-il encore lui arriver ?

Elisa était à Paris, la lettre qu'il avait reçue la veille excluait tout retour...

Papa chéri, lut-il pour la quatrième fois. *Paris se révèle être une surprise agréable. Non que quelque chose d'important se soit passé, mais je me sens en-*

fin libre et j'ai envie de vivre, ce qui ne m'était pas arrivé depuis de longues, longues années.

Grand-mère a tenu à m'emmener chez mes nombreuses tantes et cousines et elle est ravie d'avoir de la compagnie.

Je me suis mise à dessiner, tu te rends compte ? Moi qui n'aimais pas le dessin ! J'ai inventé d'étranges fleurs à cinq pétales très écartés les uns des autres, étroites à la base et larges en haut. Je crois que je ne les ai jamais vues, j'ai dû les rêver. Ce qui est drôle, c'est qu'on m'a déjà demandé si je ne voulais pas m'inscrire aux Beaux-Arts. Tu crois qu'il est encore temps ?

Maman vient le week-end prochain. Demande-lui de m'apporter mes cahiers noirs qui se trouvent dans le deuxième tiroir de ma commode. J'aime bien les relire de temps en temps.

Bises,

Elisa.

*

Martine venait d'acheter la deux cent neuvième théière de sa collection. Une petite théière en porcelaine allemande, décorée d'une scène champêtre aux tons pastel, sur laquelle le temps avait dessiné de fines zébrures en forme d'arbre.

Elle s'apprêtait à déposer la théière ventrue dans la vitrine, en bonne place, quand l'objet se précipita sauvagement sur sa main droite, après s'être brisé contre l'étagère du dessus, lui infligeant une profonde blessure aux doigts.

La bonne, alertée par son cri, accourut, flanquée de la fillette silencieuse, tandis que le sol se couvrait de sang et de débris.

– Ah, mon Dieu ! s'exclama-t-elle, en s'emparant d'une serviette. Comment une théière pouvait-elle blesser quelqu'un de la sorte ? Il valait mieux aller aux urgences. Et Monsieur qui n'était pas là !

Martine pressa la serviette contre ses doigts pour juguler l'hémorragie. – Ce n'est rien. Ce n'est rien, répéta-t-elle pour se calmer.

La fillette observait fixement un point imaginaire, à côté du fauteuil.

Lorsque Augusto rentra à la maison, tout était en ordre. Aidée par la domestique, Martine avait pu se rendre à l'hôpital, d'où elle était revenue. Ritinha, assise par terre, reconstituait le décor de la théière, dont elle avait rassemblé sur un plateau tous les fragments. Personnage après personnage, nuage après nuage, avec la concentration d'un amateur de puzzles.

– Attention, ne te coupe pas ! avait prévenu sa mère. Mais elle ne répondait pas. Ses gestes étaient sûrs, aériens, d'une habileté presque surnaturelle.

Ce soir-là Augusto était arrivé tard. Son dernier patient, un vieil homme, s'était senti mal, ce qui l'avait obligé à interrompre les soins par deux fois.

– La prochaine fois prenez un calmant, s'il vous plaît, lui avait-il dit sèchement. Sinon, ce n'est pas possible.

Ils dînèrent dans un silence interrompu par le seul murmure du journal télévisé en provenance de la pièce voisine, quelque chose à propos d'un enfant tué par sa mère et son oncle. Une histoire sordide que le présentateur, fier de son scoop, rabâchait avec un enthousiasme indécent.

– Il faut que je te parle, dit Martine, les yeux fixés sur le plat de morue à la crème auquel ni elle ni lui n'avaient touché.

– Il est arrivé quelque chose à Elisa ? interrogea-t-il, inquiet.

– Non, Elisa va bien. Olivier aussi.

Ils se rendirent dans le salon, où Martine éteignit la télévision après avoir fermé la porte.

– Tu as vu ma main ? demanda-t-elle, d'une voix neutre.

Augusto remarqua alors le pansement.

– Une pièce de porcelaine s'est cassée. Comme ça, sans raison, sans geste maladroit ni rien.

Augusto n'accordait aucune importance à ce genre de choses. Il n'avait jamais partagé le goût de sa femme pour les collections et ne comprenait pas à quoi rimait tant de solennité.

– S'agissait-il d'une théière spéciale ? demanda-t-il.

– *Non**. Tout ce qu'il y a de plus commun.

Il fronça les sourcils.

– Faut-il te conduire à l'hôpital ?

Elle fit non de la tête.

Dans le jardin, la petite fille sautait à la corde. Il était si rare de la voir courir ou s'agiter...

– *Je pars**, dit-elle. Je rentre à Paris, Augusto. Pour toujours.

Il essaya de respirer à fond, mais l'air ne trouvait plus son chemin, perdu dans le dédale obscur de la trachée. Il suffoquait.

– Que t'a-t-elle dit ?

– Qui, elle ?

Augusto prit dans sa poche la petite bombe à oxygène. Il se leva, s'assit à nouveau. Martine sortit, pour ne pas le gêner. Elle souhaita une bonne nuit à la femme de ménage, qui s'en allait, et monta dans sa chambre, dont elle ferma la porte à clé.

Le lendemain, samedi, pour la deuxième fois de l'année, Augusto n'alla pas jouer au tennis. La première fois, une violente angine, au cours de laquelle une température de 40° l'avait fait hurler en italien qu'on lui apportât immédiatement la tête du coupable, l'en avait empêché.

Cette fois-ci, le souffle même de la vie jouait à cache-cache avec lui. Cherche. Trouve. Tu chauffes. Tu gèles.

Quand il était petit, on lui avait appris à respirer par le ventre. Aujourd'hui, dès qu'une crise d'asthme l'assaillait, provoquant aussitôt la panique, il n'hésitait pas, pour que l'air circule à nouveau librement dans ses poumons, à recourir aux souvenirs de l'enfant sage et scrupuleux qu'il avait été, lui l'adulte coincé entre des rangées de dents et des touches de piano muettes.

Il arrêta sa femme au moment ou elle sortait de sa chambre.

– Martine, nous ne nous sommes pas parlé hier. Je pense avoir droit à une explication. Je sais que je n'ai pas été un mari exemplaire, mais je n'ai jamais exigé que tu me rendes des comptes...

Légèrement voûtée, Martine Guignard se dirigea vers la cuisine où elle prit dans le réfrigérateur un yaourt allégé.

– Olivier vit à Paris, Elisa aussi. Ma mère est âgée et elle est seule...

– Comment s'appelle-t-il ? demanda Augusto, bouleversé.

Sa compagne de toujours l'enveloppa d'un regard d'où toute tendresse n'était pas exclue.

– Au bout de trente ans, Auguste, tu crois vraiment que je recommencerais la même bêtise ?

– Tu es en train de me dire qu'il n'y a personne ? s'emporta-t-il, haussant inutilement le ton.

Martine sourit avec indulgence.

– *Non**, Auguste. Je te dis simplement que cette personne n'est pas un homme.

La fatigue de l'insomnie m'accable.

Une fois encore, je me fonds dans l'indolence d'autrui, dans l'entrelacs imprécis des formes.

Je ne sais pas qui je suis. Je ne parviens pas à me rappeler où je suis née. Je sais seulement que cette maison est la mienne, ma demeure depuis toujours.

Une fine silhouette de femme ouvre grand des portes en verre. Elle tient dans ses mains un petit objet en forme d'oiseau. Serait-ce un cygne ?

Comme le souvenir des lacs est flou ! Comme est flou le souvenir d'avoir eu des souvenirs !

L'oiseau en s'envolant a piqué la main de la femme, d'où a jailli une lumière intense et pourpre. La brume enveloppe le temple. L'espace.

Sur les lents sentiers que je foule tout est trouble et absurde.

Je ne vois distinctement que la petite fille qui, en silence, assise par terre, ramasse les morceaux de l'oiseau, un à un. Elle me sourit.

Martine était partie depuis cinq ans. Depuis cinq ans, Elisa s'était installée à Paris, chez sa grand-mère, avec armes et bagages. Tout laissait à penser qu'elle s'y plaisait. Fervente épistolière, elle adressait régulièrement des lettres à Augusto, des dessins, aussi, à présent... Jamais la moindre allusion à sa mère n'y figurait et il lui était reconnaissant de cette discrétion.

Grace avait bizarrement cessé de le tourmenter. Au début, elle avait tenté de s'immiscer définitivement dans sa vie, mais elle avait fini par comprendre qu'il n'avait pas l'intention de céder, à qui que ce fût, la place que Martine avait occupée pendant trente ans.

Contrairement à la plupart des hommes, Augusto supportait très bien la solitude. Passé le premier choc, il avait même ressenti un certain soulagement.

Maintenant, il pouvait rentrer chez lui à l'heure qu'il voulait ou écouter le journal télévisé à table – ce que sa femme, au cours de leur vie commune, lui avait toujours interdit. L'ancienne bonne avait disparu avec la petite fille silencieuse peu après le départ de Martine. Il avait embauché une Cap-verdienne qui, outre le ménage et la cuisine, s'occupait du linge et du jardin. Il la croisait rarement, grâce au Ciel, car la créature, grande et geignarde, en profitait pour lui décrire ses maux de reins, qui empiraient de jour en jour.

Mais son intérieur avait été épargné par la sécheresse qui frappe les foyers défaits, par l'atmosphère confinée des endroits où vivent des hommes seuls.

Augusto avait remarqué que la lumière de l'aube, lorsqu'elle passait à travers les vitres, n'avait rien perdu de son intensité. Il avait constaté qu'au moment de mettre la clé dans la serrure, en arrivant chez lui, il ressentait toujours le même plaisir. Parfois, il allumait une bougie près du piano, inspiré peut-être en cela par les subtils arômes floraux qui, presque imperceptiblement, planaient au-dessus des meubles, l'accompagnant partout dans la maison.

Il discutait longuement avec lui-même :

– Le Portugal est une illusion, il l'a toujours été. Les subventions de la Communauté européenne ont entretenu l'illusion de la richesse. Finies les subventions, finie la richesse. La crise est survenue, et beaucoup pensent qu'elle n'est pas réelle, aussi continuent-ils à revendiquer. Et, d'illusion en illusion, nous avançons à grands pas vers la plus grande de toutes, celle qui consiste à croire que notre voix compte dans le concert des nations.

De temps en temps son attention était attirée par la pénombre qui environnait les tentures en velours vert, par le léger balancement du lustre en cristal, par les courants d'air qui traversaient le salon soigneusement calfeutré.

Laura ! pensait-il alors, *Laura, est-ce possible* ?

Mais aussitôt les touches noires et blanches réclamaient la présence du vieux pianiste amateur, il improvisait à présent des morceaux de symphonies inachevées. *Un de ces jours, je laisse tout tomber et je me mets à composer. Je supporte de moins en moins les patients qui s'assoient dans mon fauteuil.*

D'autres fois, il se retirait dans la petite pièce, près de la fenêtre, où sa femme avait abandonné ses centaines de théières, aujourd'hui livrées à la poussière et à des mains distraites. Sur la table ronde s'entassaient les journaux de la semaine. C'était là qu'il aimait les lire.

Ses yeux fixaient un court instant le mur blanc qui, à l'extérieur, luttait en vain contre le bruit de la circulation.

– C’est incroyable, Laura, le pays est au bord de la ruine et ces débiles nous parlent de TGV. Je ne peux pas supporter tant d’incompétence, tant de corruption. Je ne vois pas où tout cela va nous mener, vraiment pas.

Dans le jardin, une légère brise ébouriffa le vieil acacia, qui, en signe d’acquiescement, abaissa doucement ses branches.

LE PORTUGAL AUX ÉDITIONS DE LA DIFFÉRENCE

LITTÉRATURE

José de Almada-Negreiros, *Nom de guerre* ; *La Repasseuse* ♦ José Blanco, *Pessoa en personne** ♦ Raul Brandão, *Le Fou et la Mort* ♦ A. Campos Matos, *Eça de Queiroz et ses sept biographes* ♦ Maria Judite de Carvalho, *Tous ces gens Mariana...* ; *Ces mots que l'on retient* (ép.) ; *Anica au temps jadis* ; *Paysage sans bateaux* ; *Les Armoires vides* ; *Chérie ?* ; *Le Temps de Grâce* ♦ Mário Cláudio, *Amadeo. Trilogie de la main I* ; *Guilhermina. Trilogie de la main II* ♦ Vergílio Ferreira, *Matin perdu* ; *Jusqu'à la fin* ; *Pour toujours* (ép.) ♦ Isabel Fraga, *Les jeux sont-ils faits ?* ; *Le Sourire de Leonor* ♦ Vasco Graça Moura, *Derniers Chants d'amour* ; *Le Magnolia* ♦ Nuno Júdice, *L'Ange de la tempête* ♦ Sophia de Mello Breyner, *Contes exemplaires* ; *Histoires de la terre et de la mer* ; *La Petite Fille de la Mer* ; *Le Garçon de bronze* ; *La Fée Oriane* ; *La Forêt* ♦ Fernão Mendes Pinto, *Pérégrination** ♦ Wenceslau de Moraes, *Le Culte du thé* ♦ Fernando Namora, *Fleuve triste* ♦ Vitorino Nemésio, *Gros Temps sur l'archipel* ♦ Oliveira Martins, *Histoire du Portugal* ♦ Ramalho Ortigão et Eça de Queiroz, *Le Mystère de la route de Sintra* ♦ Fernando Pessoa, *Le Banquier anarchiste* ; *Erostratus, essai sur le destin de l'œuvre littéraire* ; *Œuvres complètes I : Proses* (ép.) ; *Fernando Pessoa, poète pluriel* (ép.) ♦ João Pinto de Figueiredo, *La Mort de Mário de Sá-Carneiro* ♦ Eça de Queiroz, *Le Mandarin** ; *Le Crime du padre Amaro** ; *Le Cousin Bazilio ; 202, Champs-Élysées* ; *Son Excellence* ; *L'Illustre Maison de Ramires* ; *Alves & Cie* ; *Lettres de Paris** ; *Contes et nouvelles* ♦ Antero de Quental, *Tendances générales de la philosophie dans la seconde moitié du XIXe siècle* ♦ Mário de Sá-Carneiro, *La Confession de Lúcio* ; *Ciel en feu* ; *Prémices* ♦ Urbano Tavares Rodrigues, *La Vague de chaleur* ; *Les Oiseaux de la nuit* ; *L'Imitation du bonheur* ; *Terres promises* ; *L'Or et le rêve* ; *Tu ne tueras point ; Bâtards du soleil** ; *Violeta et la nuit* ; *Les Cahiers secrets d'António de Portugal, Prieur de Crato.*

POÉSIE

Eugénio de Andrade, *Le Poids de l'ombre* ; *Matière solaire* ; *Blanc sur blanc* (ép.) ; *Écrits de la terre* (ép.) ; *Versants du regard et autres poèmes en prose* ; *L'Autre Nom de la terre* ; *Le Sel de la langue* ; *À*

---

* Repris dans la collection de poche « Minos ».

l'approche des eaux ♦ Vasco Graça Moura, *Une lettre en hiver* ♦ Herberto Helder, *La Cuiller dans la bouche* ; *Du monde* ♦ Virgílio de Lemos, *Objet à trouver* ♦ Teresa Rita Lopes, *La Vie en vers* ♦ Sophia de Mello Breyner, *Méditerranée* (ép.) ; *Navigations* ; *Malgré les ruines et la mort* ♦ Vitorino Nemésio, *L'Animal harmonieux et autres poèmes* (ép.) ♦ António Osório, *Les Yeux d'Ulysse* ♦ Camilo Pessanha, *Clepsydre* (ép.) ♦ Fernando Pessoa, *Œuvres complètes III : Poésies et proses de Álvaro de Campos* ; *Œuvres complètes IV : Poèmes de Alberto Caeiro ; Ode maritime et autres poèmes de Álvaro de Campos* (ép.) ; Mário de Sá-Carneiro, *Poésies complètes** ; *L'Amant sans amant* (ép.).

AUTEURS PORTUGAIS DE LANGUE FRANÇAISE
José Gil, *La Crucifiée* ; *La Corse entre la liberté et la terreur* ; *Métamorphoses du corps* ; *Fernando Pessoa ou La Métaphysique des sensations* ; *Cimetière des Plaisirs* ♦ Virgílio de Lemos, *L'Obscène Pensée d'Alice* (ép.) ; *L'Aveugle et l'absurde* ♦ José de Lima Nogueira, *Les Travaux de la nuit* ♦ Teresa Rita Lopes, *Fernando Pessoa – Le Théâtre de l'être* ; *Fernando Pessoa et le drame symboliste* ♦ Júlio Pomar, *Discours sur la cécité du peintre* ; *– Et la peinture ?...* ♦ Joaquim Vital, *Un qui aboie* ; *Adieu à quelques personnages*.

ARTS – Peinture, sculpture, photographie
Eugénio de Andrade, Claude Sibertin-Blanc et João Fatela, *Femmes en noir* ♦ Frédéric Brenner et Yosef Hayim Yerushalmi, *Marranes* (ép.) ♦ ***Autour de José de Guimarães*** **:** Alain Bonfand, *José de Guimarães* ♦ Pierre Restany, *José de Guimarães, le nomadisme transculturel* ♦ ***Autour de Júlio Pomar*** **:** Júlio Pomar, *Catch : thèmes et variations* (ép.) ♦ Júlio Pomar et Lewis Carroll, *La Chasse au Snark* ♦ Júlio Pomar et Claude Michel Cluny, *Le Livre des Quatre Corbeaux (Poe-Baudelaire-Mallarmé-Pessoa)* ♦ Alain Gheerbrant, *Júlio Pomar – Peinture et Amazonie* ♦ Michel Waldberg, *Pomar – Peintures* ; *Pomar – monographie* ♦ Collectif, *Júlio Pomar, les mots de la peinture ; Catalogue raisonné I, Peintures, fers et assemblages, 1942-1968* ; *Catalogue raisonné II, Peintures et assemblages, 1968-1985* ♦ ***Autour de Vieira da Silva*** **:** Michel Butor, *Vieira da Silva – Peintures* (ép.) ♦ Arpad Szenes, *Portraits de Vieira* (ép.) ♦ Guy Weelen, *Vieira da Silva – Œuvres sur papier* (ép.).

ISBN : 978-2-7291-1739-9

Imprimé en France
par l'imprimerie Grapho 12
12200 Villefranche de Rouergue
N° d'impression : 2008010168

En collaboration avec AGM
48, chemin du Bas des Vignes - 85770 VIX